喝茶时喝茶，
吃饭时吃饭，
睡觉时睡觉，
说什么劳什子的圆满？

——林清玄

我心光明

林清玄 著

CnS 湖南文艺出版社
PUBLISHING & MEDIA HUNAN LITERATURE AND ART PUBLISHING HOUSE

博集天卷
CS-BOOKY

图书在版编目（CIP）数据

我心光明 / 林清玄著 .—长沙：湖南文艺出版社，2017.11
ISBN 978-7-5404-6096-9

Ⅰ．①我… Ⅱ．①林… Ⅲ．①散文集—中国—当代 Ⅳ．① I267

中国版本图书馆 CIP 数据核字（2017）第 236121 号

著作权合同登记号：18-2017-200

本著作物经厦门墨客知识产权代理有限公司代理，由九歌出版社有限公司授权，在中国大陆出版、发行中文简体字版本。

上架建议：畅销书｜文学

WO XIN GUANGMING
我心光明

作　　者：	林清玄
出 版 人：	曾赛丰
责任编辑：	薛　健　刘诗哲
监　　制：	于向勇　秦　青
特约策划：	小　麦
策划编辑：	刘　毅
文字编辑：	张　伟
版权支持：	文赛峰
营销编辑：	刘晓晨　罗　昕　刘　迪
封面设计：	粉粉猫
版式设计：	李　洁
封面插图：	田旭桐
内文插图：	田旭桐
出版发行：	湖南文艺出版社
	（长沙市雨花区东二环一段 508 号　邮编：410014）
网　　址：	www.hnwy.net
印　　刷：	北京彩和坊印刷有限公司
经　　销：	新华书店
开　　本：	875mm×1270mm　1/32
字　　数：	152 千字
印　　张：	8.5
版　　次：	2017 年 11 月第 1 版
印　　次：	2019 年 2 月第 2 次印刷
书　　号：	ISBN 978-7-5404-6096-9
定　　价：	48.00 元

质量监督电话：010-59096394
团购电话：010-59320018

CONTENS

目录

第一辑

月到天心

三十年前未参禅时见山是山，见水是水。及至后来，亲见知识，有个入处，见山不是山，见水不是水。如今得个休歇处，依前见山只是山，见水只是水。

第二辑

送一轮明月给他

"春有百花秋有月，夏有凉风冬有雪。若无闲事挂心头，便是人间好时节。"如果一个人的心头，前尘往事同时瓦解冰消，成为一片清朗干净的大地，能面对当下的景物人事，那么春夏秋冬都是一样的美好呀！

没有人是一个孤岛，每个人都是大陆的一部分。没有鸟是一只孤鸟，每只鸟都有着共同的天空。没有鱼是一条孤鱼，每条鱼都生活在大的海洋。天下没有一片叶子是孤单的。只要有土地，植物就能生长。

第四辑

自在平常

虽然银合欢在乡人的眼中是那么无用，连父亲都看不起它，我还是打私心里喜欢它，因为它低矮，不像桃花心木崇高，它亲切，不像南洋杉严肃，何况，它在风里是那么好看。如同乡里间的小人物，他们不能成为领导者，却各自在岗位上发挥了大人物所不能体知的功能。

第五辑

一饭一禅修

生命，真的不能缺乏游戏；生活，则不能失去创造力。创造力是无所不在的，而且愈用愈出，愈用愈清明，就仿如山林中的泉水一样，凡是真实饮用过创造之泉的人，人世的苦难就好像山中溪泉边的乱石，再多的乱石也不能阻挡泉水的奔流与清澈了。

第六辑

生平一瓣香

平凡人总有平凡人的悲哀，这种悲哀乃是寸缕缠绵，在撕裂的地方，分离的处所，留下了丝丝的穗子。不过，平凡人也有平凡人的欢喜，这种欢喜是能感受到风的声音与雁的影子，在吹过飞离之后，还能记住一些椎心的怀念与无声的誓言。

第一辑

月到天心

三十年前未参禅时见山是山，见水是水。及至后来，亲见知识，有个入处，见山不是山，见水不是水。如今得个休歇处，依前见山只是山，见水只是水。

月到天心

二十多年前的乡下没有路灯，夜里穿过田野要回到家里，差不多是摸黑的，平常时日，都是借着微明的天光，摸索着回家。

偶尔有星星，就亮了很多，感觉到心里也有星星的光明。

如果是有月亮的时候，心里就整个沉定下来，丝毫没有了黑夜的恐惧。在南台湾，尤其是夏夜，月亮的光格外有辉煌的光明，能使整条山路都清清楚楚地延展出来。

乡下的月光是很难形容的，它不像太阳的投影是从外面来，它的光明犹如从草树、从街路、从花叶，乃至从屋檐、墙垣内部微微地渗出，有时会误以为万事万物的本身有着自在的光明。假如夜深有雾，到处都弥漫着清气，当萤火虫成群飞过，仿佛是月光所掉落出来的精灵。

每一种月光下的事物都有了光明，真是好！

更好的是，在月光底下，我们也觉得自己心里有着月亮、有着光明，那光明不若阳光温暖，是清凉的，从头顶的发到脚尖的指甲都感受到月的清凉。

走一段路，抬起头来，月亮总是跟着我们，照看我们。在童年的岁月里，我们心目中的月亮有一种亲切的生命，就如同有人提灯为我们引路一样。我们在路上，月在路上；我们在山顶，月在山顶；我们在江边，月在江中；我们回到家里，月正好在家屋门前。

直到如今，童年看月的景象，以及月光下的乡村都还历历如绘。但对于月之随人却带着一些迷思，月亮永远跟随我们，到底是错觉还是真实的呢？可以说它既是错觉，也是真实。由于我们知道月亮只有一个，人人却都认为月亮跟随自己，这是错觉；但当月亮伴随我们时，我们感觉到月是唯一的，只为我照耀，这是真实。

长大以后才知道，真正的事实是，每一个人心中有一片月，它是独一无二、光明湛然的，当月亮照耀我们时，它反映着月光，感觉天上的月也是心中的月。在这个世界上，每个人心里都有月亮埋藏，只是自己不知罢了。只有极少数的人，在最黑暗的时刻，仍然放散月的光明，那是知觉到自己就是月亮的人。

这是为什么禅宗把直指人心称为"指月"，指着天上的月教人看，见了月就应忘指；教化人心里都有月的光明，光明显现时就应舍弃教化。无非是标明了人心之月与天边之月是相应的、含容的，所以才说"千江有水千江月，万里无云万里天"，即使江水千条，条条里都有一轮明月。从前读过许多诵月的诗，有一些颇能说出"心中之月"的境界，例如王阳明的《蔽月山房》：

山近月远觉月小，便道此山大于月。
若有人眼大如天，当见山高月更阔。

确实，如果我们能把心眼放开到天一样大，月不就在其中吗？只是一般人心眼小，看起来山就大于月亮了。还有一首是宋朝理学家邵雍写的《清夜吟》：

月到天心处，风来水面时。
一般清意味，料得少人知。

月到天心、风来水面，都有着清凉明净的意味，只有微细的心情才能体会，一般人是不能知道的。我们看月，如果只看到天上之月，没有见到心灵之月，则月亮只是极短暂的偶遇，哪里谈得上什么永恒之美呢？所以回到自己，让自己光明吧！

第一辑　月到天心

我
心
光
明

在报纸杂志上，我们时常会看到关于颜色的研究，譬如喜欢穿什么颜色的衣服、用什么颜色的餐具，乃至开什么颜色的汽车，都可以追索到我们的性格与个性。

很多的心理学家、社会学家、人类学家花许多时间来研究、分析，以便让大家按图索骥，来回看自己的性格。

几天前，我看到了一个社会学教授从人使用的汽车颜色来推定人的个性，结论大致是这样的：

红色——最善于处理危机或压力，因你充满活力，人们都乐于与你为伍。

　　黑色——你绝不会被生活困境打倒，因为自信和勇气是你的两大特质。

　　白色——你务实而真诚，面对压力仍能泰然处之，永远对未来抱乐观的态度。

　　黄色——你个性温馨开放，乐于助人，精神永远保持在活泼的状态。

　　蓝色——你天生乐于助人，为朋友不惜两肋插刀。

　　绿色——你富于想象力和创造力，开放，而能容纳别人的意见。

　　银色或金灰色——你是天生的领袖，为自己设定极高的价值观。

　　金色、棕色、铜色——你热爱美好事物，对所用的物品只要经济能力许可，一定使用上品。

　　混合色——你能兼顾事物的正反两面，当人们有争论时，常常征询你的意见。

　　我每次读到这样的"研究报告"，都忍不住失笑，因为不管我们选用的是什么颜色的车子，都会觉得这个研究有理，因为人都喜欢被赞美，那些心理学家与社会学家至少很了解这一点，所以不管你喜爱什么颜色，你都是没有缺点的。

　　其次，使我失笑的原因是，现代人都太忙碌了，他们不希望多费脑筋，而是渴望一些简单的答案，学者们花费许多时间、精神做复杂的研究，却提供简单的答案，但大家忘记了，这些答案根本就明白地摆在眼前，不需要绕着迷宫来寻找。

最后，我们也看见了，颜色与颜色之间虽是那么不同，但是它通向的结论是很接近的。这使我们思考到更重要的问题，人可以同时喜欢各种不同的颜色，或者说人的身心里本来就有很多的颜色。

依照佛教的说法，这个宇宙有多少颜色，在我们的身心里就有多少颜色，而我们所选择的颜色则是我们性格的一部分展现。《心经》里说："色不异空、空不异色、色即是空、空即是色。"就是这个道理，此处的"空"不是"虚无"，而是身心的"空性"，色自然也不只是颜色，而是一切形相的显现。

我们自知自己喜欢的颜色，甚至分析出这些颜色与性格的关联，这一点也不重要。重要的是找到颜色的执着，去突破它，找到与"形色"相应的那个"空性"，使我们有一种清明的对应。

我们能生长在一个颜色缤纷的环境是值得感恩的，因为许多人没有这样的因缘；我们张开眼睛就能分辨颜色是值得感恩的，因为许多人没有这样的机会。

所以，我们不要只去找外面的形色，也要张开内在的眼睛，看清自己；我们也不要只张开眼睛观察世间的真相，更要在闭着眼睛时，能探索宇宙的一切智慧。

我
心
光
明

不管我喜欢什么颜色，让我富于想象与创造力，热爱美好事物，为自己设定极高的价值观。

让我充满活力、乐于助人、务实而真诚、自信而有勇气，永远抱着乐观的态度。

让我温馨开放，能容纳别人的意见，面对压力时泰然处之，能兼顾事物正反两面的思考。

让我热爱这个世界，关怀这世界的每一众生！

让我充满感恩，努力向上，使一切众生、一切世界都成为上品！

一只毛虫的圆满

一

　　起居室的墙上，挂了一幅画家朋友陆咏送的画，画面上是一只丑丑的毛虫，爬在几株野草上，旁边有陆咏朴素的题字：

　　　　今日踽踽独行

　　　　他日化蝶飞去

　　我很喜欢这一幅画，那是因为美丽的蝴蝶在画上已经看得多了，美丽的花也不少，却很少人注意到蝴蝶的"前身"是毛虫，也很少人思考到花朵的"幼年时代"就是草，自然很少有画家以之入画，并给予赞美。

当我们看到毛虫的时候，可以说我们的内心有一种期许，期许它不要一辈子都那样子踽踽独行，而有化蝶飞去的一天。当我们看到毛虫的时候，内心里也多少有一些自况，梦想着能有美丽飞翔的一天。

小时候，我曾经养过一箱毛虫，所有的人看到毛虫都会恶心惊叫，但我不会，只因为我深信毛虫是美丽蝴蝶的幼年时代。每天去山间采嫩叶来喂食，日久习以为常，竟好像对待宠物一样。我观察到那些样子最丑的毛虫正是最美的蝴蝶幼虫，往往貌不惊人，在破茧时却七彩斑斓。

最记得的是把蝴蝶从箱中放走的时刻，仿佛是一朵花飘向空中，到处都有生命美丽的香味。

对毛虫来说，美丽的蝴蝶是不是一种结局呢？从丑怪到美丽的蜕化是不是一种圆满呢？对人来说，结局何在？什么才是圆满？这些难以解答的问题，正是我说的自况了。

初生于世界的人，是不可能圆满的，原因是这个世界原就是不圆满的世界，感应道交，不圆满的人当然投生到不圆满的世界，这乃是"因缘"所成。圆满的人，自然投生到佛的净土、菩萨世界了。

幸而，佛经里留了一个细缝，说在不圆满世界也可能有圆满的人来投胎，凡圣可能同居，那是由于愿力的缘故，是先把自己的圆满隐藏起来，希望不圆满的人能很快找到圆满的路径，一起走向圆满。

"有圆满之愿，人人都能走向圆满。"我们可以这样说，这正是佛说"众生皆有如来智慧德相"的意思。

举一个简单的例子，我们来看几个人字旁的字，像"佛""仙""俗"。

仙，左人右山，意思是，人的心志如果一直往山上爬，最后就成仙了。

俗，左人右谷，意思是，人的心志如果往山谷堕落，最后就是粗俗的凡夫了。

佛，左边是人，右边是弗，弗有"不是"之意，佛字如果直接转成白话，是"不是人"的意思。"不是人"正是"佛"，这里面有极为深刻的寓意。当一个人的心志能往山上走，不断地转化，使一切负面的情绪都转化成正面的情绪，他就不是一般的人，而是觉行圆满的佛了。

成佛、成仙、成俗，都是由人做成的，人是一切的根基，人也是走向圆满的起点，这是为什么六祖慧能说一念觉即是佛，一念迷即是众生了。

从前读太虚大师的著作，他常说"人圆即佛成"，那时不能深解，总是问："为什么人圆满了就成佛呢？"当时觉得人要圆满不是难事，成佛却艰辛无比，年纪渐长才知道，原来，佛是"圆满的人"，并不是一个特别的称呼。

什么是圆满之境呢？试以佛的双足"智慧"与"慈悲"来说。

佛典里给佛智慧的定义是"妙观察智""平等性智""成所作智""大圆镜智"，如果把它放到最低标准，我们可以说圆满的智慧具有这样四种特质：一是善于观察世间的实相；二是能平等对待众生，因了知众生佛性平等之故；三是有生命的活力，所到之处，一切自然成就；四是有无比广大的风格，如大圆镜反映了世界的实相。

也可以说，假如有一个人想走向圆满，他要在智慧上有细腻的观察、平等亲切的对待、活泼有力的生命、广大无私的态度。我们试着在黑夜中检视自己生命的风格，便会知道自己是不是在走向圆成智慧之路。

慈悲的圆满境界则有两项标杆，一是无缘大慈，二是同体大悲。前者是对那些无缘的人也有给予快乐之心，是即使无缘，也要广结善缘；后者是认识到自己并不是独存于世界，而是与世界同一趋向、同一境性，因此对整个世界的痛苦都有拯救拔除的心。

慈悲的检视也和智慧一样，要回来看自己的心，是不是与众生感同身受，是不是与世界同悲共苦？切望能共同走向无忧恼之境，如果于一个众生起一个非亲友的念头，那就可以证明慈悲不够圆满了。

因缘的究竟是渺不可知的，圆满的结局也杳不可知，但人不能因此而失去因缘成就、圆满实现的心愿。

一个人有坚强广大的心愿，则因缘虽遥，如风筝系在手，知其始终；一个人有通向究竟的心愿，则圆满虽远，如地图在手，知其路径，汽车又已加满了油，一时或不能至，终有抵达的一天。

但放风筝、开汽车的乐趣，只有自心知，如果有人来问我关于圆满的事，我会效法古代禅师说："喝茶时喝茶，吃饭时吃饭，睡觉时睡觉，说什么劳什子的圆满？"

这就像一条毛虫一样，生在野草之中，既不管春花之美，也不管蝴蝶飞过，只是简简单单地吃草，一天吃一点草，一天吃一点露水；上午受一些风吹，下午给一些雨打；有时候有闪电，有时候有彩虹；或者给鸟啄了，或者喂了螳螂；生命只是如是前行，不必说给人听。只有在心里最幽微的地方，时时点着一盏灯，灯上写两行字：

今日踽踽独行

他日化蝶飞去

我心光明

苏东坡有一次游江西庐山，见到东林寺的常聪和尚，两人熬夜讨论"无情说法"的公案，第二天清晨醒来，他听见了溪流的声音，看见清净的山色，随即赋了一偈：

溪声便是广长舌，

山色岂非清净身；

夜来八万四千偈，

他日如何举似人。

自己觉得意犹未了，之后又写下两偈：

横看成岭侧成峰，

远近高低各不同；

不识庐山真面目，

只缘身在此山中。

庐山烟雨浙江潮，

未到千般恨不消；

到得元来无一事，

庐山烟雨浙江潮。

这三首偈广为传诵，被看成正好可以和青原惟信禅师说的山水观前后印证："三十年前未参禅时见山是山，见水是水。及至后来，亲见知识，有个入处，见山不是山，见水不是水。如今得个休歇处，依前见山只是山，见水只是水。"

苏东坡的三首偈后来一直被讨论着，特别是第一首，雪堂行和尚读了以后，认为"溪声""山色""夜来""他日"几个字是葛藤，把它改成：

溪声广长舌，

山色清净身；

八万四千偈，

明明举似人。

正受老人看了，觉得“广长舌”“清净身”太露相，一首偈于是被改成了对联：

溪声八万四千偈，

山色如何举似人。

庵粈和尚看了，摇头说：“溪声、山色也都不要，若是老僧，只要‘嗯’一声足够！”

许多人都觉得庵粈和尚的境界值得赞叹，我认为，苏东坡的偈仍是可珍爱的，如果没有他的偈，庵粈和尚也说不出“‘嗯’一声足够”了。

文学与佛性之间，或者可以看成从一首偈到一声“嗯”的阶梯，一路攀爬上去，花树青翠，鸟鸣蝶飞，溪声山色都何其坦然明朗地展现在我们的眼前，到了山顶，放眼世界全在足下，一时无话可说，大叹一声：嗯！

可是到山顶的时候总还有个立脚处，有个依托，若再往上爬，云天无限，则除了"维摩诘一默如雷"之外，根本就不想说了。

沉默，就是响雷，确乎是最高的境界，不过，对于连雷是什么都不知道的人，锣鼓齐催，是必要的手段。我想到一个公案，有一个和尚问慈受怀深禅师：

"感觉到了，却说不出，那像什么？"

"哑子吃蜜。"慈受回答。

"没有感觉到，却说得有声有色，又像什么？"

慈受说："鹦鹉学人。"

用文学来写佛心，是鹦鹉学人，若学得好，也是很值得赞叹。但文学所讲的佛与禅，是希望做到"善言的人吃蜜"，能告诉别人蜜的滋味，用白瓷盛的蜜与破碗装的蜜，都是一样的甘甜。

我的文章，是希望集许多响雷，成为一默。

也成为，响雷之前，那光明如丝、崩天裂云的一闪。

有时候，我说的是雷声闪电未来之时，乌云四合的人间。

那是为了，唯有在深沉的黝暗中，我们才能真正热切期待破云的阳光。

　　我相信命理，但我不相信在床脚钉四枚铜钱就可以保证婚姻幸运，白首偕老。

　　我相信风水，但我不相信挂一个风铃、摆一个鱼缸就可以使人财运亨通、官禄无碍。

　　我相信人与环境有一些神秘的对应关系，但我不相信一个人走路时先跨左脚或右脚就可以使一件事情成功或失败。

　　我相信除了人，这世界还有无数无量的众生与我们共同生活，但我不相信烧香拜拜就可以事事平安，年年如意。

　　我相信人与人间有不可思议的因缘，但我不相信不经过任何努力，善缘就可以成熟；不经过任何奋斗，恶缘就能够消失。

我相信轮回、因果、业报能使一个人提升或堕落，但我不相信借助于一个陌生人的算命和改运，就能提升我们，或堕落我们。

我也相信上帝与天神能对人有所助力，但我不相信光靠上帝和天神可以使我们进入永恒的天国，或因不信，就会使我们落入无边的地狱。

这些相信与不相信，是缘于我知道一切命运风水只是心的影子，一切际遇起落也只是心的影子，心水如果澄澈，什么山水花树在上面都是美丽的，心水如果污浊，再美丽的花照在上面也只是污秽的东西。

因此，改造命运的原理是要从心做起，而改造命运的方法是进入正法，不要落入外道。心内求法就是正法，心外求法即是外道，迷信也是如此，想透过外缘的攀附来改变命运就是迷信，只有回来从内心改造才是正信——所以迷信不应指命运、风水、鬼神等神秘的事物，迷信是指心被向外追求的意念所障蔽和迷转了。

佛经里说："佛能空一切相，成万法智，而不能即灭定业。"佛不能灭的定业，谁能灭呢？只有靠自己了。《金刚经》也说："若以色见我，以音声求我，是人行邪道，不能见如来。"——什么才能见如来呢？心才能见如来，所以应先求自己的心。

一个人的心如果澄净了，就日日是好日，夜夜是清宵，处处是福地，法法是善法，那么，还有什么能迷惑、染着我们呢？

我心光明

小麻雀的歌声

我心光明

一

　　住乡下的时候，后山有一片相思林，黄昏或清晨，我喜欢去那里散步。

　　相思林中住了许多麻雀，总也是黄昏和清晨最热闹，一大群麻雀东蹦西跳，大呼小叫，好像一座拥挤热闹的市场，听到震耳的喧哗声，却没有一句听得清楚。

　　路过相思林时，我常浮起一个念头：这一群麻雀为什么不肯歇一歇呢？它们那样无意义地蹦跳、无意义地呼喊喧哗，又是为什么呢？

　　我的念头生起后就灭去了，没有特别去记挂，只是，每走过相思林，那念头就生起一次。

相思林的麻雀偶尔也会数只一群飞到窗前的庭院，跳来跳去，叫一叫，就呼啸过去了。

有一天，黄昏时从相思林散步回来，坐在窗前喝咖啡，突然看见六只麻雀飞来了。

我知道那是一只母麻雀带着五只小麻雀，长时期对麻雀的观察使我知道，那身形较瘦、颜色较黑的是母麻雀，而羽毛较浅、身材蓬松显得有些肥嘟嘟的是小麻雀。

它们先停在草地上，在那里讨论什么事情似的，这时我听到母麻雀与小麻雀的声音竟不相同，大约低了两度，略为沙哑。

然后，我看见母麻雀一跃而起，向不远的开满菅芒花的芒草地飞去，非常准确地停在一株芒草上。黄昏的秋风很强猛，使芒草摇来摇去，加上母麻雀的体重，晃得更厉害了。母麻雀啁啁地叫，小麻雀则叽叽喳喳笑成一团，显然是为母亲欢呼，只差没有鼓掌，有两只跳得快翻筋斗了。

母麻雀又啁啁地叫，接着五只小麻雀一拥而上，各自跳到不同的芒草叶上，一时之间，芒草东倒西歪，小麻雀们没站好，都落到地上。母亲急切地叫了一阵，显然是给它们加油打气，小麻雀蹦蹦跳跳地回到原先的草地上，哗然而起，再飞去芒草丛里，站在秋风猛烈的芒草叶尖。

这样经过了好几次，五只小麻雀总算学会了站在芒草叶尖随风摇动的本事。母麻雀宽慰地说了几句，带大家飞回草地，再嘻嘻哈哈唱跳一阵，突然欢呼一声，往相思林的方向飞去。

看麻雀飞远，我才发现端在手中的咖啡早已凉了，在刚刚那令人惊奇的一幕里，我似乎听懂了麻雀的语言——不，或者不是语言，应该说我听懂了麻雀的心。

原来，麻雀们每天不能安歇地跳跃、叫个不停并不是没有意义的，只是我们从人的角度听来，不明其意罢了。

这样的发现使我忍不住动容，知悉如果我们有更体贴的心就能更进入万物的内在，如果我们的心有如镜子般明澈，我们就能照见众生平等、皆有佛性、遍及法界的真实了。

第二天清晨，我坐在窗前用早餐，听见一只麻雀高亢的叫声，探头一看，原来是昨日黄昏的一只小麻雀飞到草地上，只见它轻盈地展翅，一下就飞上了芒草叶，接着它顾盼自雄地随风上下，叫出一种欢喜的声音，那声音似乎在说："天上天下，唯我独尊！"

我感觉那随风上下的芒草虽然不稳，可是从母亲的教导中学会平衡的小麻雀，在那上面却是如履平地，欢喜自在，得其所哉！

在芒草上的麻雀是何其的定呀！

我们常说的"定"，事实上就是一种平衡和安顿。一般人常以为定是"不动"，其实不然，一辆快速前进的脚踏车比静止的脚踏车还定；一般人也以为巨大的东西比较"定"，也不然，一粒小石子的定并不输给一座山。

那么，什么是定呢？在佛教里，定是等待、三昧、三摩地的意思。

一个人离开了心的浮沉，得到平等安详的状态，叫作"等"。

一个人能将心专止于一境不散乱，到心一境性时，叫作"持"。

真正的定，是不管外在环境有多少波动，都可以把心专止在安定自在的情况，就好像一只小麻雀在风中的芒草叶片上唱歌一样。那样子或者就叫作"如如"吧！唯其如如清爽、活泼与洒脱，正智慧才会生起而开悟真理！

在我们还没有得到真实的平衡与安顿时，我们要学习小麻雀，立在危草尖也毫无惧色，学习着安顿身心、平衡环境，生命的自在一定会一点一滴地确立起来。

"如如"或"三昧"可能是难以揣摩的，但可以确定的是，那必然是不假外求的，我们可以从佛、菩萨、祖师、师父身上学习一些事物，不过那最内的，无法学习，只能开发。就像麻雀妈妈只能教麻雀如何飞到草上，却不能教它们怎么样安顿，如何在风中平衡。定是这样，禅是这样，一切菩提之道都是这样，只有自己去行。

"自己去行"有时走起来是孤单的，有时不免显得倨傲，但只要一直向前走去，就能免除孤单与倨傲的问题，因为，当一个人见到了自己的"本来面目"，就是见到"佛的本来面目"，也即是见到"一切众生的本来面目"，到那时心意开通，就颇不寂寞了。

在我的认知里，佛法一定要回到人间，深入人间，最后再来谈出世的问题。特别是禅，是落实到人间生活的，每次读到祖师说"吃茶去""洗钵去""淘米去""饿来吃饭困来眠""神通兼妙用，运水与搬柴""平常心是道"……都给我一种深切的撞击。仿佛听到祖师慈悲的声音：离开人间没有菩提！离开生活没有菩提！离开因缘也没有菩提！

禅师讲"当下承担"，讲"念佛是谁？"，讲"看脚下！"，讲"纳须弥于芥子"，都是在教化我们，真实的修行应该从"此时此刻、此地此人"开始，真实的禅则要使人在现世得到安顿，得到平衡，得到明心，然后才讲生死的解脱，如果连身心的安住都做不到，讲什么死后的解脱呢？

菩提达摩说："所谓一切事处，一切色处，一切诸恶业处，菩萨用之，皆作佛事，皆作涅槃，皆是大道。即是一切处无处不处，即是法处，即是道处。菩萨观一切处，即是法处。菩萨不舍一切处，不取一切处。菩萨不简择一切处，皆能作佛事，即生死作佛事，即惑作佛心。"

语言动作、日常生活无疑是佛性的展现，佛性的光明却不能仅仅归结到语默动静里去。不过，在这样动荡的时代，许多惑于神通感应的人，许多为神秘经验而修行的人，使我们更深切地认识到，开悟的祖师强调平常、平实、平凡的生活是多么的无私和慈悲。

一个人要走向修行之路，最要紧的是要认识佛性不假外求，其次是要落实到生活，再来就是要"乐于道"，要"安之若素"，要"踊跃欢喜"。

在大乘菩萨十地中的第一地就是"欢喜地"，根据世亲菩萨的说法，欢喜分为心喜、体喜、根喜，又可以细分为九种。

一、敬欢喜——恭敬三宝，心生欢喜。

二、爱欢喜——乐观真如法性，心生欢喜。

三、庆欢喜——自觉所悟殊胜，心生欢喜。

四、调柔欢喜——身心遍益，心生欢喜。

五、踊跃欢喜——身心满足，心生欢喜。

六、堪受欢喜——见己接近觉悟，心生欢喜。

七、不坏欢喜——指调伏、解说、论议时，心不动摇之喜。

八、不恼欢喜——指教化摄取众生，慈悲调柔之喜。

九、不嗔欢喜——指众生威仪不正亦能不怒之喜。

这些欢喜使我们知道，乐道者常保喜心，喜中有慈悲的雨和智慧的云，清洗自己与众生的心，并使之得到洒脱与自在。

我的说禅系列在"中华日报"连载时，就是在开发自性、落实生活、乐道喜法上用心，第一集出版后曾得到无数读者的鼓励，之后出版第二集，书名叫《香水海》。

香是用来比喻佛法的功德，例如戒香、定香、慧香、解脱香、解脱知见香，一个人解脱了就有如入于香水的大海，无处不是妙香。根据佛教传说，世界有九山八海，中央是须弥山，为八山八海所围绕，除第八海是咸水海之外，其他都是八功德水，有清香之德，称之为"香水海"。

我觉得，一个人走向菩提道，正像从贪嗔痴慢疑的咸水中，游向具有澄净、清冷、甘美、轻软、润泽、安和、除饥渴、长养善根八种功德的香水大海。我的文章是希望让人认识那个香水海，不只在须弥山，也在人的自身。

我喜欢佛教在布萨时，以香水洗手所唱的一首偈：

八功德水净诸尘，

盥掌去垢心无染；

执持禁戒无缺犯，

一切众生亦如是。

我也喜欢《观佛三昧海经》的香偈：

愿此华香满十方界。

供养一切佛化佛

并菩萨无数声闻众。

受此香华云以为光明台。

广于无边界无边作佛事。

当我在念诵着香偈时，觉得自己仿佛一只小麻雀栖停在狂风中的芒草叶上，在浊乱的世界中放怀歌咏，自有欢喜，心无挂碍，远离恐怖、颠倒、梦想。

至于别人是不是愿意听小麻雀的歌声，那是无所谓的，在广大的时空中，有缘的人自会听见。

林清玄于台北永吉路客寓

我心光明

以智慧香而自庄严

有时会在晚上去逛花市。

夜里九点以后，花贩会将店里的花整理一遍，把一些盛开着的、不会再有顾客挑选的花放入方形的大竹篮推到屋外，准备丢弃了。

多年以前，我没有多余的钱买花，就在晚上去挑选竹篮中的残花，那虽然是已被丢弃的，看起来都还很美，尤其是它们正好开在高峰，显得格外辉煌。在竹篮里随意翻翻就会找到一大把，带回家插在花瓶里，自己看了也非常欢喜。

从竹篮里拾来的花，至少可以插一两天，甚至有开到四五天的，每当我把花一一插进瓶里，会兴起这样的遐想：花的生命原本短暂，它若有知，知道临谢前几天还被宝爱着，应该感叹不枉一生，能毫无遗憾地凋谢了。

花的盛放是那么美丽，但凋落时也有一种难言之美，在清冷的寒夜，我坐在案前，看到花瓣纷纷落下，无声地辞枝，以一种优雅的姿势飘散，安静地俯在桌边。那颤抖离枝的花瓣时而给我是一瓣耳朵的错觉，仿佛在倾听着远处土地的呼唤，闻着它熟悉的田园声息。那还留在枝上的花则像眼睛一样，努力张开，深情地看着人间，那深情的最后一瞥真是令人惆怅。

每一朵花都是安静地来到这个世界，又沉默离开，若是我们倾听，在安静中仿佛有深思，而在沉默里也有美丽的雄辩。

许久没有晚上去花市了，最近去过一次，竟捡回几十朵花，那捡来的花与买回的花感觉不同，由于不花钱反而觉得每一朵都是无价的。尤其是将谢未谢，更显得楚楚可怜，比起含苞时的精神抖擞也自有一番风姿。

说花是无价的，可能只有卖花的人反对。花虽是有形之物，却往往是无形的象征，莲之清净、梅之坚贞、兰之高贵、菊之傲骨、牡丹之富贵、百合之闲逸，乃至玫瑰的爱情、康乃馨的母爱都是高洁而不能以金钱衡量。

花所以无价，是花有无求的品格。如果我们送人一颗钻石，里面的情感就不易纯粹，因为没有人会白送人钻石的；如果是送一朵玫瑰，它就很难掺进一丝杂质，由于它的纯粹，钻石在它面前就显得又俗又胖了。

花的威力真是不小，但花的因缘更令人怀想。我国民间有一种说法，说世上有三种行业是前世修来的，就是卖花、卖香、卖伞。因为卖花是纯善的行业，买花的人不是供养佛菩萨，就是与人结善缘，即使自己放置案前也能调养身心。卖香、卖伞也都是纯善的行业，如果不是前世的因缘，哪里有福分经营这么好的行业呢？

卖花既是因缘，爱花也是因缘，我常觉得爱花者不是后天的培养，而是天生的直觉。这种直觉来自善良的品格与温柔的性情，也来自对物质生活的淡泊，一个把物质追求看得很重的人，肯定是与花无缘的。

有一些俗人常把欣赏花看成小道，其实不然，佛教两部最伟大的经典《妙法莲华经》《大方广佛华严经》就是以花来命名的，而在三千大千世界里每一个佛的净土，无不是开满美丽的花、飘扬着花香，可见爱花不是小道。

佛经中曾经比喻过花香不是独立存在的，一朵花的香气和整枝花都有关系，用来说明一个人的完全是肉体、感觉、意识、自性、人格整体的实践，是不可分离的。一枝花如果有一部分败坏，那枝花就开不美，一个人也是一样，戒行不完满就无法散放出人格的芬芳。

　　爱花的人如何在花中学习开启智慧，比只是痴痴地爱花重要。在《华严经》中有一位名叫优钵罗华的卖香长者，曾说过一段有智慧的话："如诸菩萨摩诃萨，远离一切诸恶习气，不染世欲，永断烦恼众魔罥索。超诸有趣，以智慧香而自庄严，于诸世间皆无染着，具足成就无所着戒、净无着智，行无着境、于一切处悉无有着，其心平等，无着无依。"长者虽是从卖香而得到智慧，与花也是相通的，我们如果能自花中提炼智慧之香，用智慧之花来庄严心灵，还有什么能染着我们呢？

　　花的美是无常的，世间的一切何尝不是花般无常？若能体会无常也有常在，无常也就能激发我们的智慧，我曾试写过一首偈：

　　　　日日禅定镜

　　　　处处般若花

　　　　时时清凉水

　　　　夜夜琉璃月

　　这世间，"镜花水月"是最虚幻和短暂的，唯其如此，才使我们有最深刻的觉醒，激发我们追求真实和永恒的智慧。

　　当我们面对人间的一朵好花，心里有美、有香、有平静、有种种动人的质地，会使我们有更洁净的心灵来面对人生。

让我们看待自己如一枝花吧！香给这世界看，如果世界不能欣赏我们，我们也要沉静庄严地开放，倾听土地的呼唤，深情地注视人间！

不可坏心

我心光明

菩萨住此现前地，复更修习满足不可坏心、决定心、纯善心、甚深心、不退转心、不休息心、广大心、无边心、求智心、方便慧相应心，皆悉圆满。

菩萨发如是大愿已，则得利益心、柔软心、随顺心、寂静心、调伏心、寂灭心、谦下心、润泽心、不动心、不浊心。

此菩萨于诸众生发十种心。何者为十？所谓利益心、大悲心、安乐心、安住心、怜悯心、摄受心、守护心、同己心、师心、导师心，是为十。

　　这是从《华严经》抄下来的几段，可以让我们看见菩萨的种种心，我们要看看自己是不是能学习菩萨，只要看是不是具有这些心就行了。《楞严经》里也说：

　　　　妙圆纯真，真精发化，无始习气，通一精明，唯以精明，进趣真净，名精进心。

　　　　心精现前，纯以智慧，名慧心住。执持智明，周遍寂湛，寂妙常凝，名定心住。定光发明，明性深入，唯进无退，名不退心。

　　　　心进安然，保持不失，十方如来，气分交接，名护法心。

　　　　觉明保持，能以妙力，回佛慈光，向佛安住，犹如双镜，光明相对，其中妙影，重重相入，名回向心。

　　菩萨的心真是不少，在《大日经》里，大日如来答金刚手菩萨之问，甚至把心分成六十种，又大别为"善心、恶心、清净心"三类，其中善心与清净心是菩萨的心，可知菩萨的心是一直走向善与清净之路。

　　这么多的心，总名就叫作"菩提心"，凡具有善与清净质地的心行都是菩提心的本质，正如《华严经》所说："菩提心者，则为一切诸佛种子。"

　　具有菩提心要到什么地步呢？《师子请问经》说："由何一切生，不失菩提心，梦中尚不舍，何况于醒时？"要做到即使在梦中也不舍菩提心，醒的时候更不要说了。

　　菩提心之所以可贵，是在于它坚固不坏，我深信，一个人只要发过一次菩提心，它必会成为顺净的种子，总有一天会生出菩萨的芽苗，若智若悲，皆不退坏；或常或住，皆悉圆满。

　　不知道什么原因，住在台北的时候，有一些朋友甚至是陌生人，跑来劝我出来参选今年的公职人员。回到乡下居住，也有一些乡亲来找我，邀请我出来竞选。这些举动使我感到好笑，因为这些人可以说完全不了解我呀！

　　当然，他们的理由有千百种，而且都十分充分，归纳起来，不外乎以下——

　　首先，社会需要清流，如果社会的清流都不肯参与政治，社会就更浑浊了。

　　其次，我应该用更多的心力为桑梓付出。搞政治的人往往为了自己的私利，无法全心奉献，应该有一些肯奉献的人出来。

再其次，现在是从政的最好时机，失去这次机会，将来不会有更好的机会了。

最后，拯救社会，从政是最便捷有效的道路，台湾的政治资源被两党垄断，社会需要第三种声音。

大家都说得很有道理，理由也很充足，但是我的理由很简单，而且看起来一点也不充足，我说："我乐于做一个平民、一个百姓、一介布衣！"

热衷于政治的人大概很难理解，一个人甘于平淡和平凡是什么样的心情，这就像山野里的树木，有很多立志要做人间的栋梁，但是也有一些只希望做世间的风景，还有一些什么都不做，只是自在地生长。

在这个混乱而变量巨大的社会，政治的清明是重要的，关心政治也是每一位公民的责任。但是，如果不管什么人都想在政坛出头，以政治为自我成就之路，不能知觉自己是不是适任，却不是社稷之福。近几年的发展，使一般人认为从政有利可图。于是谋公益的人少，图私利的人多，政治早成为争名夺利的地方。有心国事的人固然也有，利欲熏心的人却更多，路旁到处都是名利客，这也是社会极可忧的地方。

一个正常的、有前景的社会，应该是一个多元价值与多元发展的社会。一个好的演艺人员，其价值并不逊于一位好的公职人员；一个好的生意人，对国家的贡献也不会差于一个好的政治家（至于坏的，也是如此）。我们这个社会过度强化政客的重要性，使得生意人、演艺人员、运动人员，不管什么人都想在政治上争得一席之地。我想这种有特殊目的的政治、一元化的政治，不是一个健康的社会应有的。

为人民谋福利、为社会奉献心力，不是政治人物的专利，每一个人各安其位，人尽其才，以他的资赋来努力工作，就是最好的途径了。

能从政为官是很好的事，但甘于做平凡的老百姓也是很幸福的，日出而作，日落而息，帝力于我何有哉！黄昏在山路上散散步，夜里在小摊上吃一碗担担面，闲来无事，与三五好友话天话地、品评政事，不也很好吗？

众人如鱼，为政如入急流险滩，要在龙门飞跃才显出其价值；有一些鱼，却喜欢悠游于平静的江湖之间；还有一些更大的鱼，则善于嬉戏于大海大洋之中。鱼需要相濡以沫，也需要相忘于江湖，如果江河湖海只有一种鱼，那还成什么天下？

所以呀，我乐为布衣，不党不群、俯仰无愧也是很好的。

佛陀在《四十二章经》里说：

　　吾视王侯之位，如过隙尘；视金玉之宝，如瓦砾；视纨素之服，如敝帛；视大千界，如一诃子；视阿耨池水，如涂足油；视方便门，如化宝聚；视无上乘，如梦金帛；视佛道，如眼前华；视禅定，如须弥柱；视涅槃，如昼夕寤；视倒正，如六龙舞；视平等，如一真地；视兴化，如四时木。

做一个觉悟的布衣，真好！

送一轮明月给他

第二辑

『春有百花秋有
月，夏有凉风冬有雪。
若无闲事挂心头，便是
人间好时节。』如果一
个人的心头，前尘往事
同时瓦解冰消，成为一
片清朗干净的大地，能
面对当下的景物人事，
那么春夏秋冬都是一样
的美好呀！

一滴水到海洋

一

一位弟子追随一位得道的师父。过了几天，他去请教师父："什么是人生的价值？"师父总是不告诉他，他愈发显得着急，一再地去求教。

有一天，师父被缠不过了，从房子里拿出一块石头，那石头看起来很大，也很美，师父说："你带这块石头到卖蔬菜的市场去卖，但是不要真的卖出去，只要试着卖，看看蔬菜市场的人可以出什么样的资钱。"

那个弟子真的带着石头到蔬菜市场去试卖。很多人围过来看，有的说："这么美的石头可以给孩子玩。"有的说："这么大的石头当秤锤刚刚好。"于是人们纷纷给石头出价，从两元（本文币种皆为新台币。——编者注）到十元不等。

弟子带着石头回来见师父，说："在蔬菜市场，这个石头只能卖到十元的价钱。"

师父又说："现在你把这石头拿到黄金市场去卖，但是不要真的卖出去，看看黄金市场的人可以出什么样的价钱。"

弟子照着吩咐去做了。当他从黄金市场回来的时候，很高兴地向师父报告："在黄金市场，他们出的价钱很好，这石头可以卖到一千元。"

师父又说："现在，你把这石头拿到珠宝店去，还是不要卖出去，只要看看珠宝店的人可以出到什么样的价钱。"

弟子拿石头到珠宝店去卖时，他简直无法相信，因为第一个人就出价五千元，由于他不卖，珠宝店的人竟一直加价，最后加到几十万元。

弟子还是不肯卖，最后珠宝店的人说："只要你肯卖，任你开个价吧！"

弟子说："我只是奉师父之命来试这个石头的价钱，不管出多高的价，我的石头都是不卖的。"弟子离开珠宝店的时候，他心想，黄金市场和珠宝店的人简直是疯狂，因为在他看来，一块石头能卖十元就够好了。

　　他回来向师父报告在珠宝店得到的天价，师父说："一块石头的价值，是由了解的深浅而定的。如果一个人没有够好的眼睛，所有的石头，价值都不会超过十元，正像你在蔬菜市场遇到的那些人。你每天追着我问人生的价值，可是你的眼睛只停在蔬菜市场的层次，我给你一个钻石，你也会以为只值十元。如果你成为珠宝商，认识真正的宝石，我给你的宝石才会成为无价。现在，你先不要向我要人生的宝石，先使你自己拥有珠宝商的眼睛，那时候你来找我，我就会教你人生的价值。"

　　这是苏菲修行者的故事，它有两个重要的寓意：

　　一是想要追求人生更高的奥秘，一定要在心灵上有所准备，要养成慧眼，这样才能承受真正的"道的宝石"，如果没有慧眼，最好的钻石摆在眼前也与石头无异。

　　二是万事万物并没有绝对的价值，而是缘于了解的深浅而显示价值的高低，唯有心灵的提升才能坚持出一种绝对的价值。有绝对价值的人，吃饭喝茶中都有深奥的境界，因为人生的奥义并不在那相对与分别的世界，而在绝对的性灵中。

　　不久前，我去参观一个奇石的展览，就想到苏菲的这个故事，那所谓的奇石全不假人工的雕琢，而是捡拾自深山、溪流、海边，个个都有奇特的风姿。它们的定价从数千到数十万都有，如果不是收藏奇石的那个圈子里的人，很难理解为什么一块石头可以卖到几十万。但是听说有很多是非卖品，即使那个圈子里的人愿意花几十万买石头也买不到呀！

那些原在深山、海岸、溪畔的奇石，普通人根本就懒得去捡，所以发现而捡拾的人就可以说是慧眼独具了，他们的慧眼则是在对石头的爱与了解中产生的。当然也有人为了卖钱而捡石头，有一位奇石收藏家就告诉我："为了卖钱而捡石头的人，往往捡不到最好的石头。"

但是，不管是为爱而捡或为钱而捡，不管有什么样的定价，不管是在深山或在艺术馆的架上，一块石头的本质是不会改变的，在改变与波动着的只是我们的眼睛，我们的心。

石头存在的本身就饱含了价值，不因慧眼或俗眼而改变。其实，万物的本身都有不可替代、无法定价、深刻无比的价值，此所以"森罗万象许峥嵘"，此所以"青青翠竹皆是法身，郁郁黄花无非般若"，此所以"溪声尽是广长舌，山色岂非清净身"……

保持内心如宝石一样的质量，比起为宝石定各种价钱要高明得多了。

从前，牛顿在苹果树下，被一个苹果打中而发现地心引力。这是多么伟大的发现，但是如果没有那个适时落下的苹果，可能要晚几百年才会被发现。所以，也许市场里一个苹果卖十块钱，可是一个苹果也可以是地心引力的引信，也可以是无价的。

有一个这样的笑话——

一个孩子读了牛顿发现地心引力的故事，就跑去坐在苹果树下，想自己说不定也可以发现什么大的道理。他坐在苹果树下胡思乱想，为什么苹果树这么高大，却长出这么小的苹果，而大西瓜却相反，长在小小的西瓜藤上？

小苹果长在大树上，大西瓜却长在小小的藤上，这里面一定有什么伟大的道理吧？

正在苦思的时候，一个苹果"啪"一声落在他的头上，他突然欣喜若狂地发现了："还好是一个苹果，如果是大西瓜落下来，我还会有头在吗？原来大西瓜长在地上是有道理的，至少落下的时候不会有人受伤。苹果长在大树上是很好的，西瓜长在地上也是很好的，万物的存在都有它的道理。"

事物的价值源自人心的价值，如果心的价值不被发现与确立，事物的价值也就得不到确立了。有一个朋友千里迢迢带回来大陆寺庙改建时拆下的砖送我，说是唐朝的砖。我左看右看，端详这块朋友口中"伟大而有历史的砖"，却总是看不出它的殊异之处。我想，如果把这块砖放在忠孝东路人群最多的地方，也不会有人捡拾，或者第二天就被清道夫丢进垃圾车里。这块毫不起眼、重达五公斤的砖块，以锦盒包装，被抱在怀中，飞山越海，到我的手上，只是因为在我们的心里先确立了，才会发现它的价值呀！

当一个人的心没有价值观与质量感时，当一个人的心只有垃圾时，所看见的世界也无非是垃圾。

在现代社会，真实的价值之所以被隐没，就是因为人心被隐没。

假若说，人心的价值是一滴水，万物存在的价值是一片广大的海洋，那么唯有发现心里一滴水的人，才能体会海洋也是一滴水的汇集与映现。轻视一滴水，就是轻视整个海洋，而能品味一滴水，也就能品尝海洋的真味了。

我心光明

跳跃的黄豆

在西藏边境一个荒僻的山区，独居着一位老婆婆，她的丈夫和儿子都过世了，她独自住在小茅屋里，只以糌粑为食。

这位老婆婆由于境遇坎坷，觉得自己的罪业深重，就到处向人求教忏悔罪业的方法。有一天遇见一位路过的人教她念观世音菩萨的六字大明咒"唵嘛呢叭咪吽"（om mani padme hum），就可以忏除罪业，结果她在回家的路上就把咒语记错了，念成"唵嘛呢叭咪牛"，牛和吽的音当然相差很远了。

老婆婆为激励自己精勤念咒，准备了两个大碗，一碗放满黄豆，一碗空着，每念一句咒语就把一粒黄豆放到空碗里去，这样循环往复，从不停止地念了三十几年。到后来，她不必再用手拿黄豆了，只要一念"唵嘛呢叭咪牛"，一粒黄豆就自动从这个碗跳跃到另外一个碗里。

老婆婆看到黄豆跳跃，知道自己修行得法，忏罪可期，非常高兴，念咒就更加精进了。

有一天，一位修行相当有成就的西藏喇嘛路过山区要到四川去，当他在荒山野地行走时，远远看见一间破陋的小茅屋，四周放射着金色的光明，喇嘛心中大为震动，心想：我这次走过那么多地方，拜会过多少修行人，没有看过如此盛大的光明，这茅屋里一定住着一位得了道的高僧。于是不惜放弃原来的路，向茅屋走来，想要参访这位得道的高人。

等他走到茅屋，看到只有一个老太婆，贫穷可怜、孤苦伶仃，一点也不像得道的样子。老婆婆见到喇嘛驾到，赶紧跪下来顶礼，口里还紧念着"唵嘛呢叭咪牛"。

喇嘛心里非常纳闷刚刚见到的光明，就问道："老太太，你在这里住多久了，只有你一个人住吗？"

老婆婆说："只有我一个人住，已经三十几年了。"

喇嘛不禁感慨："一个人住在这么荒僻的山里，很可怜啊！"

"不会不会，我自己在这里学佛修行，日子过得很好！"老婆婆说。

"你修些什么呢？"

老婆婆说："我只是念一句'唵嘛呢叭咪牛'！"喇嘛一听，不禁叹息一声说："老太太，你念错了一个字，应该是'唵嘛呢叭咪吽'，不是'叭咪牛'啊！"

老婆婆听了非常伤心，认为自己三十几年的功夫都白费了，忍不住难过落泪，但她马上止住眼泪向喇嘛顶礼说："还好现在您告诉我，否则可能要一路错到底了。"

喇嘛告辞老婆婆后，继续未来的行程。

这时老婆婆坐在桌前照喇嘛教的"唵嘛呢叭咪吽"重新起修，心思纷乱，碗里的黄豆也不再跳跃了。她边念六字大明咒，边流下懊悔的眼泪，悔恨自己浪费了三十年光阴。

喇嘛走远了，回头一看，小茅屋一片黑暗，竟看不到先前的赫赫光明。他十分震惊，转念一想："糟了，是我害了她。"

于是，喇嘛赶紧走回茅屋，对老婆婆说："我刚才教你念唵嘛呢叭咪'吽'是玩笑话！"

老婆婆说："师父为什么要骗我呢？"

喇嘛说："我只是试试你对三宝的诚心，发现你对我的话毫不怀疑，实在非常可贵。其实你原先念的咒完全正确，以后就照你原来的音去念就好了！"

老婆婆听了，高兴极了，赶紧跪下来拜："谢天谢地，我三十年的功夫不是白做了。"

喇嘛告辞以后，老太婆一念唵嘛呢叭咪"牛"，黄豆又跳了起来。

喇嘛走到山顶上，再一次回头看茅屋，茅屋上的光明炽亮，威赫灿然，比原来还要更盛。

这是佛教里流行甚广的故事，我稍微重新整理。记得第一次读到这个故事，内心非常感动，它说明咒音虽然是重要的，但强大的信心与专一的意念比咒音还重要。

六字大明咒的庄严殊胜圆满成就是无法以文字表明的，勉强翻译成白话，可以说是"祈求自性莲花藏中的佛"，或者"祈求自心的清净莲花开放"。可见学佛学密，甚至学一切清净之法，自心才是最重要的，老婆婆在真信与诚敬中念咒，心地一片光明，咒音对她有什么重要呢？当然，对于还不能心地无染使黄豆跳跃的我们，咒音仍是重要的。

唐朝诗人孟浩然有一首诗：

夕阳连雨足，空翠落庭阴；
看取莲花净，应知不染心。

当我们看见在夕阳雨中的莲花，以一种清净无染的姿势擎举出来，应该使我们知道心性的清净不受污染，也可以像莲花那样。这时候，只要领会了莲花的清净也就够了，至于那朵莲花有几瓣、什么颜色又有什么重要呢？

现在，观世音菩萨的六字大明咒已经是最普遍的咒语，但很少人知道它的来由。如果我们知道"唵嘛呢叭咪吽"这六字真言是从观世音菩萨裂成千片的脑袋所开出，就会更加动容赞叹。

从前观世音菩萨是阿弥陀佛的弟子，他具足诸行，等解万法，等持众生，他在佛前发下一个伟大的誓愿，他说："尽我形寿，遍度一切众生，若有一众生不得度者，我誓不取正觉。若我于众生未尽度之时，自弃此宏誓者，则我之脑裂为千片。"

立下这个大誓愿后，观世音菩萨就应现各种神通，悲智双运地来度脱众生，经过无量劫以后，他所度的众生已像恒河沙一样多得无法计算。但是，他环顾世间众生，看到生者无量，又因为愚痴堕落，受各种痛苦；而正在造恶业的众生也是无量无边，照这样子轮回下去，众生的痛苦是永远不能断绝的，而众生也就永远不能度尽。

想到这里，观世音菩萨就起了大忧恼，有点泄气，心想："众生之苦，乃与众生之生以俱来；世间既存，苦何能已？苦苦不已，度岂能尽？昔年之誓，是徒自苦，而于众生亦无有益；无益之行，何必坚持？"

这一段译成白话是："众生的痛苦是和众生的诞生一起诞生的，世间既然存在，痛苦怎么会结束呢？既然是苦苦循环不断，众生哪里可以度尽？我当年的誓言只是自己在找苦头吃，对众生并没有什么利益，没有利益的行愿，又何必继续坚持呢？"

观世音菩萨心里就起了一丝退转之念，这个念头才升起，他的誓言已经应现，观世音菩萨的脑忽然自裂成千片，犹如一朵千叶莲花。这时，阿弥陀佛就从裂成千片的脑中现身，对观世音菩萨说："善哉观世音！宏誓不可弃，弃誓为大恶；昔所造诸善，一切皆成妄。汝但勤精进，誓愿必成就。三世共十方，一切佛菩萨，必定加护汝，助汝功成就。"

并且即刻传授"唵嘛呢叭咪吽"的六字真言，观世音一听到六字真言，得大智慧，生大觉悟，更加坚持旧誓，永不退转。我们现在都知道观世音菩萨大慈大悲，有千手千眼、救苦救难、广大灵感的伟大力量，他的力量就是成就于阿弥陀佛传授六字真言的那个时候，一般把六字真言也称为"观音心咒"。

这是多么动人的故事，化成千片的菩萨之脑，开启了一朵千叶之莲，正是六字大明咒最美丽的象征，我们是不是也能、也愿意、也祈求即使身体碎为微尘，还能坚持一朵清净莲花的自在盛放呢？

　　记得我第一次听见唱诵的六字真言，那素朴、庄严、单纯、清净、充满力量的美丽声音，就令我感动落泪。这世界，哪里还有这样令人一尘不染、清净无畏的声音呢？

　　且让我们在优雅的六字大明咒的唱诵中，来读一首偈：

　　　　一念心清净，

　　　　莲花处处开；

　　　　一花一净土，

　　　　一土一如来。

——我心光明——

一朵花，或一座花园？

在日本，有一位伟大的女禅师，名字叫作慧春。

慧春很年轻就出家了，当时日本还没有专给尼师修行的庵堂，她只好和二十名和尚，一起在一位禅师座下习禅。

慧春的容貌非常美丽，剃去了头发、穿上素色的法衣非但没有减损她的美，反而使她的姿容显得更清丽脱俗，因此与她一起学禅的和尚，有好几位偷偷暗恋着她，其中一位还写了情书给她，要求一次私下的约会，慧春收到情书之后，不动声色。

第二天，禅师上堂说法，说完之后，慧春站起来对着写信给她的和尚说："如果你真的像信里写的那样爱我，现在就来拥抱我！"

说完后，当场就有几位和尚满头大汗地开悟了。

这是非常动人的禅故事，它表达了一种当下承担的精神，学禅的人对于开悟固然必须承当，但对于生命，是不是也应该有相同的承当呢？禅的生活，不是依靠想象力的生活，当然也不是寄望于天堂的生活，而是公开明朗地面对此时此刻的生活，看见心念中的阴暗面，把它翻转过来，使其明亮。慧春所说的"公开的拥抱"，正是"公开的爱"，也就是"光亮明朗的生活态度"。

对于禅者，每一个心念、每一个生活动作，都可以摊开在阳光下检验。

_ 从泥泞中跨越

还有一个禅的故事是这样的：两位师兄弟一起走在一条泥泞的道路上。

当他们走到一个浅滩的时候，看见一位美丽的少女在那里踯躅不前，穿着细致的丝绸，使她不能跨步走过泥泞的浅滩。

"来吧！小姑娘。"师兄说。

然后就把少女背过了泥路。

师弟跟随在后面，心里感到非常不悦，一直都沉默不语，到了晚上实在忍不住，就对师兄说："我们出家人受了戒律，不应该近女色的，你今天为什么要背那个女人过河呢？"

"呀！你说那个女人呀！我早就把她放下了，你到现在还抱着吗？"

这个流传很广的禅故事，除了说明当下即是的精神，也满含了禅师的慈悲，在提起放下的过程里一点也不拖泥带水，即使是对禅一无所知的人听到这个故事，也知道两者境界的高低。

有一位现代禅者把"当下即是""直下承当"的精神翻译为"倾宇宙之力活在眼前的一瞬"，真是十分贴切。我们凡夫的生活，不是在缅怀过去，就是在向往未来，无法踏实雄健地生活。可叹的是，过去是无可挽回的，未来是一场梦，两者都是虚空里的舞花，再美也比不上现在跨越的泥泞之路。

落实到不是非常善美的现在，走一段很可能是泥巴铺成的生活之路，当下的世界往往不是依理想而呈现的。这些，似乎都不太要紧，只看我们能不能有好眼睛来看待这个世界，是不是在我们注视的时候，能一刹那间观点开展，让光亮明朗的生活展现在眼前。

伟大的无门慧开禅师，在他的著作《无门关》里曾这样说："若是个汉不顾危亡，单刀直入，八臂哪吒拦他不住，纵使西天四七、东土二三，只得望风乞命！设或踌躇，也似隔窗看马骑，眨得眼来，早已蹉过！"只有单刀直入，一点也不迟疑的大丈夫，才有可能领会禅的真义。

_ 便是人间好时节

《无门关》是禅宗的一部宝典，慧开禅师在里面写下许多传诵千古的偈语，一直到禅道没落的今日，读起来还让人震颤不已。

我们在这里选取几个偈子来看：

> 大道无门，千差有路。
> 透得此关，乾坤独步！

——这是多么广大而坚定的胸襟，要做一个乾坤独步的人。

> 拈起花来，尾巴已露。
> 迦叶破颜，人天罔措！

——释迦牟尼佛拈起花来，是故意露出尾巴，迦叶尊者破颜微笑，使天上的神仙和地上的凡人都不知所措。慧开问道："如果当时大家都笑，或者连迦叶也不笑呢？禅是什么风光？"

贫似范丹，气如项羽。

活计虽无，敢与斗富！

——对于家徒四壁、处之泰然的人，对于气宇豪迈、无所畏
惧的人，虽然生活艰困，还是敢和富人比赛谁是真正的富有，因
为富有不是由外而得。

眼流星，机掣电。

杀人刀，活人剑！

——眼睛要快如流星，机锋要迅若闪电，有杀断妄想的宝刀，
有起死回生的智慧之剑。

剑刃上行，冰棱上走。

不涉阶梯，悬崖撒手！

——寻求智慧之路的禅道，像是走在剑锋上、踩在冰尖上那
样勇迈。又仿佛不走阶梯，从悬崖上放开双手那样地自在，没有
一点委屈。

天晴日头出，雨下地上湿。
尽情都说了，只恐信不及！

——法尔如是，明明白白，毫无隐瞒，只怕不信，这是多么
公开明朗的胸怀。

《无门关》每一个偈子都像这样震慑人心，另有一个最被人
传诵的偈子是：

春有百花秋有月，夏有凉风冬有雪。
若无闲事挂心头，便是人间好时节。

如果一个人的心头，前尘往事同时瓦解冰消，成为一片清朗
干净的大地，能面对当下的景物人事，那么春夏秋冬都是一样的
美好呀！

我们在人间的学习

禅道虽然是非凡之道，却不是不可企及之道。我们在品味禅
的公案、语录、偈语的时候，都能尝到那无比的芳香，都能在热

闹里流过一丝清凉，那不是禅有什么特别的魅力，而是人人都对明朗光照的生活有本具的向往，只可惜生命的烦恼与生活的压力使我们隐忍了活泉，无以清洗心灵的尘埃。

禅的教导，是让我们不要再隐忍了，不要再过那种幽黯无光的日子，试着把反盖的牌打开、在黑暗的房子开灯、走进阳光普照的田野、随着鸟自由飞翔、看鱼得水时的欢跃、安心明亮地看着人世。我们来读读在禅里最常被用到的语言吧："如如""当下""本来""一如""无着""不二""老实""平常""安心""放下""任运""保任""默照""虚空""无碍""自在""自由""直心""真实"等等，这样简短的两个字，如果能融入其中，就让我们发现了生命的真义。

我们不能放下任运地过活，那是我们对过往生命的执着，对未来生命的迷梦，忽视了一个最重要的东西：回到现实这一刻人间的学习。

有的人认为禅师讲"空"，以为空是虚无的，要来断灭现实人生的一切，其实不然，禅师要破的是"执着"，而不是真实的生活。破执着谈何容易！所以禅教我们要用开启智慧、圆满自我的方法来使执着冰消瓦解，而不是去压抑我们的执着。

如果我们只有一朵花，一定很舍不得送给别人；但如果我们有一座花园，送一百朵花给别人也会在所不惜！化解执着，首先是使我们拥有一座春夏秋冬都盛放的花园，而不是只照顾一朵花；其次是珍惜每一朵花犹如整座花园，使每一朵花的颜色都能放怀展现；再次是不仅欢迎别人参观花园，并乐于送花给别人，乐于看人人都有花园。

在这广大的人间，我们的一朵花是多么渺小，若我们能使繁花盛开，自我的一点兴谢也就了无遗憾。

生命不过数十寒暑，迅疾犹如春天的闪电雷声，若知道春雷一过，万物苏醒，则短暂的慧心一耀，也足以令人动容。

执着的化解是智慧的开端，智慧开了，执着自然冰消。开悟的人，一朵花就是一座花园，一座花园是一朵花，是不需要什么争辩的。我又想起无门慧开的句子：

识得最初句，便会末后句。
末后与最初，不是者一句！

那里面热不热？

禅是活生生的，就像在我们生命的进程中，成功与失败都是活生生的。一个人要进入禅的道路，是使生活活转过来，使心活转过来，勇敢来对待人生的挑战，让我们的花努力地开起来，而不是孤伶伶地在微雨中抖颤。

禅是承担，不是避世。

凡是避世冷酷的心，不是禅心。

《指月录》里有个脍炙人口的故事，有一位老太婆建了一座茅庵，供养了一位修行人。她常叫少女送饭给和尚，经过二十年，她想看看和尚的功夫如何，于是叫少女送饭的时候抱住和尚问说："正这么时如何？"

少女依言而行，和尚回答说："枯木倚寒岩，三冬无暖气！"

少女回来把和尚的话告诉老太婆，老太婆很生气地说："我二十年供养，只得个俗汉！"于是，把和尚赶走，把茅庵也烧了。

"枯木倚寒岩，三冬无暖气"多么酷冷，禅是要"能杀能夺，能纵能活"，是要"青天白日，明明太空"，是要"绵绵密密，点滴不漏"，是一座百花齐放的园子，而不是开在悬崖的枯木。

雁的影子留在地上，但它并无留踪之意。
水面上映照着一切，但它并无取影之心。

窗前的叶子画着风的形状，却不需用笔。
院子的菊花一瓣瓣地凋落，却依然从容。

雨后山岚缭绕飘浮，反而增加山的青翠。

水里游鱼穿梭旅行，益发感到水的清明。

小心喂路过的鸽子，它不是为你才飞来。

不要惊动花上的蝶，它并非为你而美丽。

午夜的钟声

一声　　响过　　一声

黄昏的微风

一阵　　凉似　　一阵……

每一个我们在当下体验的真实，都是生命中的一朵鲜花，所以我们要好好开发花园，不要只执着一朵花。

慧春禅师，六十岁的时候知道了自己要离开人世，吩咐寺里的僧人在院子堆起木柴，她安详地坐在木柴上，叫人从四面同时点火。

"禅师呀！"一位和尚看着腾起的火焰问道，"那里面热不热？"

"只有愚痴的人才会关心这个问题。"慧春回答，话声甫落，人埋在火焰中，很快就化为灰烬了。

伟哉慧春！智慧有如园中的繁花，开放时是多么从容，凋谢时又多么镇定呀！

我心光明

凡事包容

我心光明

无我法皆空，

死生少异同；

妙心化识见，

真谛在其中。

——二祖慧可禅师

有一位基督徒要来与我辩论，理由是："你还不知道上帝和耶稣的好处！"我听了笑起来对他说："我觉得上帝和耶稣都很好呀！"

他听了感到非常意外，我就很诚恳地告诉他，有几个理由我从不做宗教上的辩论：第一个理由是凡涉及辩论就会有胜负心，有胜负心就意不能平，这是违反禅道的。第二个理由是口舌的谈论不仅无法见及实相，反而徒增是非，互相贬抑、毁谤、攻击而已。第三个理由是在我的眼中，一切的宗教都是好的。

我还举了一个故事，这故事是关于日本近代的峨山禅师。有一次一位年轻的大学生想去找峨山禅师讨论基督教，这位年轻人以倨傲的态度问峨山说："你读过基督教的《圣经》吗？"

峨山答道："没有，请你读一些好的章节给我听听。"

大学生打开圣经，翻到《马太福音》，挑出他觉得最好的几节读道："不要……为身体忧虑穿什么……你想：野地里的百合花怎么长起来；它也不劳苦，也不纺线；然而我告诉你们：就是所罗门极荣华的时候，他所穿所戴的还不如这花一朵呢……所以，不要为明天忧虑，因为明天自有明天的忧虑……"

峨山听了说道："讲这话的人，不论他是谁，我认为他是个已有所悟的人。"

学生继续读着圣经的一段："你们祈求，就给你们；寻找，就寻见；叩门，就给你们开门。因为凡所祈求的，就得着；寻找的，就寻见；叩门的，就给他开门。"

峨山听了说道："很好，说这话的人，不论是谁，我认为他是一个已距佛不远的人。"

一个人学习禅道，要先学习一种自由豁达、开放包容的心胸，然后才能逐渐超越，找到心灵真实的安顿，在终极之处，才可能明见自性。禅要超越形象、体用、凡圣、主客、是非、知见、言语、时空，乃至于生死，因此在我们彻底明见实相之前，所有的辩论都正好是束缚我们的绳索。

有一则禅公案，是说有两位小沙弥吵架，闹得不可开交，只好去找师父评理。第一位向师父诉说自己的道理，师父听完了说："你对！"他听了就欢天喜地地出去了。第二位接着向师父表达自己的意见，师父听完后说："你也很对！"他听了也高兴地出去了。

这时站在师父身边的侍者觉得很奇怪，就问师父："师父，你说这个对，那个也对，到底哪一个是错的呢？"师父笑着对侍者说："你也对！"

这则公案虽是大家熟知的故事，但常常被忽略掉其中超越的观点，有是非对错就会有分别对待，也就容易沦入我见和执着里去！因此，禅心里有一个广大包容的特质，要由这广大包容中生起灵明，因为禅心不是一般的知识，一般的知识是有对待的世法，与道不相契。

禅师不分别知见，并不表示是毫无知觉的，只是在知觉上不起知见罢了。这是《华严经》说的："无见即是见，能见一切法；于法若有见，此则无所见。"又："若住于分别，则坏清净眼；愚痴邪见增，永不见诸佛。"

对于初学禅的人，包容的心是一种学习，而对开悟的禅师，由于他见到万法的实相，知道人人的佛性都平等，包容更是理所当然。有一位很崇拜赵州从谂禅师的居士称赞赵州："你真是一位古佛呀！"赵州立刻回答："你也是一位新的如来！"

佛无今古，人的佛性何有高下之分？在禅师的眼中，佛、菩萨、上帝、天神、耶稣、我、众生的佛性都是平等没有分别之见的。如果能像晦堂禅师说的"一尘才举，大地全收。诸人耳在一声中，一声遍在诸人耳"，则这个世界还有什么好争论的？

莲池大师在《竹窗随笔》中有一则《山色》这样写着：

"近观山色，苍然其青焉，如蓝也。远观山色，郁然其翠焉，如蓝之成靛也。山之色果变乎？山色如故，而目力有长短也，自近而渐远焉，青易为翠；自远而渐近焉，翠易为青。是则青以缘会而青，翠以缘会而翠，非唯翠之为幻，而青亦幻也，盖万法皆如是矣！"

在我们的眼中，山色由淡渐深，其中千回百转，层次千差，可是山色不变，不会因为我们的凡眼有所变化，这世界本来就这样，历历如然，只是我们不懂得欣赏。开悟者是懂得欣赏的人，他在青里看见美，在翠里也看见美，在晨曦中金黄的山色看见美，在黄昏浓黑的山景看见美，在游人如织的山里看见美，在无人的空山里也看见美。

那是在他张开的心眼里，不论是浓云闪电或阳光普照都只是缘起。所以他能凡事包容，不涉及一点执着，也因为他能超然物外，包容便是一种非常自然的生活态度！

一

世人纵识师之音，

谁人能识师之心？

世人纵识师之形，

谁人能识师之名？

师名医王行佛令，

来与众生治心病。

————修雅法师

六祖慧能从北方逃往南方，隐居在群众里面，有一天到了南海，正巧遇到印宗法师在法性寺讲《涅槃经》，他坐在走廊底下听。到了黄昏时分，夜风吹动寺里的幡旗，两个僧人在那里争论，一个说是风动，一个说是幡动，吵了半天都说不出所以然。

六祖就对两人说："非风动，非幡动，仁者心动。"

这句话被印宗法师听到了，感到非常惊异。第二天邀请六祖到方丈室里，请教风动、幡动、心动的问题。六祖以理相告，印宗更加奇怪，问说："行者一定不是平常人，我久闻黄梅衣钵南传，不知道是不是行者？"

六祖看时机成熟了，就把自己的得法因缘相告，印宗法师立刻向六祖顶礼，执弟子之礼，并且告诉寺中的四众弟子说："印宗具足凡夫，今遇肉身菩萨。"于是，选定正月十五日在光孝寺为六祖举行剃度之礼，剃度完了，当众拜他为师。

这一段大家都熟知的故事，我读到时非常感动，当然六祖的行谊是伟大的，可是像印宗法师这种谦下宽广的风格，也令人敬佩。

印宗是唐代的高僧，他在咸亨元年抵达京师，皇帝特别邀请他住在大敬爱寺，但是他没有接受，转而去参五祖弘忍，后来返回广州法性寺讲经。他曾采集梁朝到唐代的圣贤之言合为一册，著成《心要集》。

算起来，印宗拜见五祖在前，算是六祖的师兄，而他在法性寺讲经时，六祖只是个形貌普通的人，就能立即反过来以师礼相待，这是多么不易呀！然后他又邀集西京的智光律师、苏州的慧静律师、荆州的通应律师、中印度的耆多罗律师、西印度蜜多三藏法师等当时的高僧，一起来为六祖慧能授具足戒，弟子为师父找戒师授戒，也是历史上所仅见的。

当六祖慧能要去曹溪宝林寺的时候，印宗法师率领僧俗一千多人徒步送六祖到曹溪。这时候，为六祖授戒的教授师通应律师也拜在六祖门下，并依师而住，授戒师拜戒子为师，恐怕也是历史上的首次。

六祖慧能与弟子的事情，使我们更清楚地认识到禅宗是多么伟大的法门，禅者是多么卓然不凡。也使我们知道一个开悟者有如何巨大的摄受力，乃至动人的风范！

禅宗里师徒之间动人的故事很多，像百丈座下的古灵神赞禅师，开悟以后回到受业的大中寺去度化自己的受业师。像仰山慧寂拜在沩山灵祐座下时，在师父身旁侍候了十五年才离开，因为情感深厚，足不能跋，常念师恩，号"跋足沙弥"。像香严智闲在几百里外的山头击竹开悟，立刻回去沐浴焚香，遥向师父沩山的方向礼拜。在典籍里，记载了许多师徒之间动人心扉的故事，只是常被忽略，这使我们知道禅宗乃不是无情，而是人间至情，是世情、人情、法情，是天上最高的飘动的白云一样的纯净之情。

我
心
光
明

这使我想起《长阿含经》中说到师长以五事敬视弟子：

一、顺法调御。

二、诲其未闻。

三、随其所问，令善解义。

四、示其善友。

五、尽以所知诲授不吝。

师长要"敬视弟子"，弟子更不用说了。在这个世界上，不只修法求道要有谦下的风格，即是世法也应有敬重的心，佛陀还曾以杀、盗、邪淫、妄语、饮酒、老、病、死八法为师，觉悟了无上菩提，何况是世间有缘为师的长者呢？

弟子之上有师，师之上还有师，师师相传，才能使这世界的法嗣不断，但不管是师父弟子都宜以百丈对黄檗说的话来自勉：

"见与师齐，减师半德，见过于师，方堪传授。"

唯有弟子超过师父，一代胜过一代，佛法才有希望，这个世界也才有希望！

写到这里，想起台湾乡间的一句俚语："有状元学生，无状元老师。"在静夜中想到这句话，感觉也像是禅师的语录一样。

我心光明

我子天然

怅望湖州未敢归，故园杨柳欲依依；

忍看国破先离俗，但道亲存便返扉。

万里飘蓬双布履，十年回首一僧衣；

悲欢话尽寒山在，残雪孤峰映晚晖。

——丹霞天然禅师

由于禅师们讲空性、讲自性，加上行为举止不随同流俗，常使人觉得禅师是无情无感的。

为了破除凡圣的外相，呵佛骂祖因此成了禅师的家常便饭，其中以云门文偃和丹霞天然禅师为代表人物。

云门文偃有一次对弟子举示释迦牟尼佛初生时，一手指天，一手指地，周行七步，目顾四方说："天上天下，唯我独尊。"云门评说："老僧当时若见，一棒打杀与狗子吃，贵图天下太平。"

云门用这个猛烈的方法，来破掉弟子对凡圣的执着，因为有人会认为"唯我独尊"是独尊的思想，这就会误解了世尊的本意。"唯我独尊"指的乃是人人都具有法身，而不是一个私我思想的展现。

云门的手段一方面是破除弟子对凡圣的分别相，一方面表示狗子也有佛性，在自性上，佛与狗的法身都是一样的。

丹霞天然禅师的手段比云门还火辣，他住在慧林寺的时候，遇到天下大雪，取来寺院里的木头佛像，劈开来烧火取暖，寺主看见了骂他，他说："吾烧取舍利。"寺主说："木佛何来舍利？"丹霞说："既无舍利，更取两尊烧。"

这种惊世骇俗的手段，一般人难以理解，从禅师清澈的眼睛看来，何处无佛？何物非佛？

要更深刻地知道禅师呵佛骂祖的真义，我们可以看德山宣鉴禅师，他有一次对弟子说："这里佛也无，法也无。达磨是老臊胡；十地菩萨是担粪汉；等妙二觉是破戒凡夫；菩提、涅槃是系驴橛；十二分教是点鬼簿，拭疮脓纸；四果、三贤、初心、十地是守墓鬼；

自救得也无？"不知的人以为德山这是把佛菩萨压到一个最下的底线了。

其实，这一段话从反面来看，可以是："老臊胡是达磨；担粪汉是十地菩萨；破戒凡夫是等妙二觉；系驴橛是菩提、涅槃；点鬼簿、拭疮脓纸是十二分教；守墓鬼是四果、三贤、初心、十地；也无得自救！"

把牌一翻，就变成一个多么清澈而超越的观点，在我们破除执着的时候，最平凡的事物正是最圣洁的，而最高贵的也是最平常的。我们在生命中，处处随名生解，以外相来作为真实的见解，这才是大得要命的执着。

禅者的要义，简而言之，就是破执着，执着一破，人生到处都是好消息，日日是好日。在好日子、好消息中生活的人，只是一派天真、自然、无所用心。

以丹霞天然禅师为例，他所表现的禅风与他的名字一样是赤诚而天然。他在石头希迁禅师的座下时，有一天，石头叫大家去割除佛殿前的青草，众人都去割草的时候，他用脸盆盛了一盆清水来洗脖子，并跪在石头面前，为青草请命，石头看了微笑，就帮他剃发，并为他说戒法，他掩起耳朵就跑掉了。

接着，他去拜见马祖道一禅师，参礼之前他跑到僧堂，骑在僧人头上，大众看了非常惊愕，跑去报告马祖，马祖看了就说："我

子天然。"丹霞立刻下地礼拜说:"谢谢师父赐我的法号。"从此,
他就以"天然"为名。

我们看到行径独特、卓尔不群的丹霞天然禅师,使我们知道
禅心自然的本质,但禅心不是离开人的生活,我前面选的《怅望
湖州》是丹霞天然禅师证悟以后,在离开湖州家乡十年之后的抒
怀之作,那样的柔情、优美,与他的言行举止相映成趣。

这加深了我们的信念,禅心是在天然生活里开发而得的,禅
者的空性不是无情,而是清明、温暖、遍照的至情,像日光一样。
在悲欢话尽之后,青翠高拔的寒山犹在,在残雪之上,在孤峰之顶,
映照着优美璀璨的夕阳的光辉。

我心光明

送一轮明月给他

一位住在山中茅屋修行的禅师，有一天趁夜色到林中散步，在皎洁的月光下，他突然开悟了自性的般若。

他喜悦地走回住处，眼见到自己的茅屋有小偷光顾。找不到任何财物的小偷，要离开的时候才在门口遇见了禅师。原来，禅师怕惊动小偷，一直站在门口等待，他知道小偷一定找不到任何值钱的东西，早就把自己的外衣脱掉拿在手上。

小偷遇见禅师，正感到惊愕的时候，禅师说："你走老远的山路来探望我，总不能让你空手而回呀！夜凉了，你带着这件衣服走吧！"说着，就把衣服披在小偷身上。小偷不知所措，低着头溜走了。禅师看着小偷的背影走过明亮的月光，消失在山林之中，不禁感慨地说："可怜的人啊！但愿我能送一轮明月给他。"

禅师不能送明月给那个小偷，使他感到遗憾，因为在黑暗的山林，明月是照亮世界最美丽的东西。不过，从禅师的口中说出"但愿我能送一轮明月给他"，这口里的明月除了是月亮的实景，指的也是自我清净的本体。从古以来，禅宗大德都用月亮来象征一个人的自性，那是由于月亮光明、平等、遍照、温柔的缘故。怎么样找到自己的一轮明月，向来就是禅者努力的目标。在禅师的眼中，小偷是被欲望蒙蔽的人，就如同被乌云遮住的明月，一个人不能自见光明是多么遗憾的事。

禅师目送小偷走了之后，回到茅屋赤身打坐，他看着窗外的明月，进入定境。

第二天，他在阳光温暖的抚触下，从极深的禅定里睁开眼睛，看到他披在小偷身上的外衣，被整齐地叠好，放在门口。禅师非常高兴，喃喃地说："我终于送了他一轮明月！"

明月是可送的吗？这真是有趣的故事，在我们的人生经验里，无形的事物往往不能赠送给别人，例如我们不能对路边的乞者说："我送给你一点慈悲。"我们只能把钱放在盒子里，因为他只能从钱的多寡来感受慈悲的程度。

我们不能对心爱的人说："我送你一百个爱情。"只能送她一百朵玫瑰。她也只能从玫瑰的数量来推算情感的热度，虽然这种推算往往不能成立，因为送玫瑰的人或许比送钻戒者的爱要真诚而热烈。

同样地，我们对于友谊、正义、幸福、平安、智慧等无价的东西，也不能用有形的事物做正确的衡量。我想，这正是人生的困局之一，我们必须时时注意如何以有形可见的事物来奥妙表达所要传递的心灵信息。可悲的是，在传递的过程中常常会有"落差"，这种落差常使骨肉至亲反目，患难之交怨愤，恩爱夫妻化离，有情人终于成为俗汉。

这些无形又可贵的感情，与禅师的某些特质接近，是"只可意会，不可言传"，是"不立文字，教外别传"，是"当下即是，动念即乖"，是"云在青天水在瓶"，是"平常心是道"。

这个世界几乎没有一种固定的方法可以训练人表达无形的东西，于是训练表达无形情感的唯一方法就是回到自身，充实自己的人格，使自己具备真诚无伪、热切无私的性格。这样，情感就不是一种表达，而是一种流露。

在一个人能真诚流露的时候，连明月也可以送给别人，对方也真的收得到。

我们时时保有善良、宽容、明朗的心性，不要说送一轮明月，同时送出许多明月都是可能的，因为明月不是相送，而是一种相映，能映照出互相的光明。

　　此所以禅师说："但愿我能送一轮明月给他。"是真正人格的馨香，它使小偷感到惭愧，受到映照而走向光明的道路。

第三辑

温柔半两

没有人是一个孤岛，每个人都是大陆的一部分。没有鸟是一只孤鸟，每只鸟都有着共同的天空。没有鱼是一条孤鱼，每条鱼都生活在大的海洋。天下没有一片叶子是孤单的。只要有土地，植物就能生长。

不可轻轻估量

我心光明

《吴三连回忆录》言简意赅地记录了吴三连先生的一生。

吴三连是台湾的传奇人物，他出生于一八九九年，一九八八年去世，他曾任台北市长等要职顾问，晚年成为广受敬重的政治人物，八十岁之后还四处奔走，沟通两党，谋求台湾的安定和平。

他独立经营自立报系，又是台南财经企业集团的领导人，是俗称"台南帮"的龙头老大，对企业经营有独到的见解。

他早年担任《台湾新民报》的记者，深知教育、文化、艺术对社会的重要，在一九七八年捐出一千万元，成立"吴三连文艺基金会"，多年来已成为岛内奖金最高、公信力为人信服的文艺奖，也是第一个倾力奖励文学艺术家的企业家。

我读到他在成立吴三连文艺基金会时的感怀，他说："文学和艺术有个特性，它不是强权所能打败的。作为一种民族心灵与思想的呈现，它是久远的，是深沉的，是不被压制的！甚至于是一个民族长远生存发展的命脉！"深受感动，可惜，台湾有多少企业家或政治人物有这样的远见呢？

回想自己在二十九岁那年得到吴三连文艺奖，由于吴三连文艺奖是成就奖，从未颁发给未满三十岁的青年，当时是我写作的转折点，鼓励之大是不可估量的。那时，吴三连奖有三十万的奖金，我以那笔钱完成了多年来欧洲之旅的心愿，在欧洲旅行写作的时候，内心时常感念吴三连先生。

但是读吴三连先生传记时，最感动我的还不是他对政治、社会、文艺的回馈之心，而是他个人对财物的观点。

他的财物观有两个重要的概念。一是，他认为"钱四脚，人两脚"，金钱之为物，是一种非常微妙的存在。他说他在青年时代就有储蓄的观念，理想目标是存两千元买一栋房子栖身，但是每当储蓄到一个数目，就会有小孩子生病之类的事发生，把积蓄花光。

有一次，好不容易存到两千元，第二天一位好友突然来访，说急需两千元，否则就要坐牢，他好不容易存起来的两千元就借给朋友，两千元就在一朝化为乌有。

后来，他看了很多不可一世的人，在一夕之间变成阶下囚，亲身体验了财富的无常与变幻，因此在青年时代就对财富看开了。

他后来成为富甲一方的人，不是由于储蓄，是卸任台北市长以后，乡亲要成立"台南纺织公司"，找他参加，他向朋友借了一万元加入，没想到台南纺织经营成功，随之成立的环球水泥也很赚钱，就此无心地成了富翁。

二是，他相信"生不带来，死不带去"的人生观，认为钱有定数，利益尤其不可独享，有钱的人应该拿钱出来办教育，并且做一些与社会福利有关的事。

他说："事实上每个人或每个家庭，要使用的金钱有一定的限度，超过了那个限度，人就变成金钱的奴才。钱的价值，尤其是微妙地表现在您如何使用它，这是比较深奥的哲理。"

在他的"财物观"这一章里，他说了一句意味深长的结语："人生的幸与不幸，实在不可轻轻地估量，许多事情要留待后人判断，不可不慎！"

吴三连先生生前普受各界人士的尊敬与爱戴，逝世后则令人怀念，不是偶然的。他的两位宗侄吴修齐、吴尊贤都是台湾杰出的企业家，出钱出力回馈社会，都带来了深远的影响。

综观吴三连先生的一生，他不仅是政治家、企业家，也是杰出的报人与社会领袖，他的传记写来平实，却无限动人。

特别是在今天追名逐利的台湾社会，我们对于金钱的运用实在"不可轻轻地估量"，应该多为黎民百姓、子孙深思，才不会变成金钱的奴才。

读了吴三连先生的财物观，我想到，即使今天我成了亿万富翁，明天也还是一样为社会努力奉献；或者今天会变为一贫如洗，为人群奉献的心，明天也不稍有退转。

飞越冰山

二

有一年春天，搭飞机从夏威夷到美国东岸，中途的时候，驾驶员报告了我们正在飞越阿拉斯加上空，靠近了北极圈，机舱里的乘客纷纷探头往窗外看。

窗外的大地覆盖着一片洁白的冰雪，平原、河流、山脉上都是白色，白得令人昏眩。尤其是那些在山顶上的积雪，因为终年不化，更白得刚强而尖锐，在飞机上都可以感受到直而冷的线条，一道道划过冷而寂静的大地。

机上的乘客无不为眼前这壮丽、清明、无尘的大地动容赞叹，觉得是人间少见的美景，尤其是我们刚刚从热情、温暖、海洋蔚蓝、阳光亮丽的夏威夷离开，北国的风情就像一口冰凉的清水灌入了胸腹，再加上有了很高的距离，再冷的景致也无不温馨而美丽了。

那时是春天，虽然看着遍地的冰雪，大家也知道已是春天了，高空上的阳光多么耀眼、云多么明丽、天空多么湛蓝，都在哄传春天的消息。

就在飞机上，我想起学生时代非常喜欢的一部纪录电影《北极的南奴克》，那是一部真实记述生活在北极圈中南奴克人的纪录电影，他们在冰雪中诞生、在冰雪中成长及繁衍种族，也在冰雪中老去死亡。对于南奴克人，冰天雪地是天经地义，他们的一生没有见过冰雪以外的世界，虽然他们在冰雪中艰困地生活，却从来没有想追寻另外的世界。

可叹的是，科学家发现，长久在冰雪中生活的人，一离开冰雪就会发生适应的困难，这也是俄国流亡的文学家、艺术家，晚年看到下雪都要落泪的原因，更别说住在北极圈的人了。

当我们从很高的飞机上看美丽的冰雪大地，很难想象有许多人和动物在其中过着艰险的渔猎生活，即使知道那些艰险，站在高点上看，也仿佛没有那么苦了。

我们的飞机很快地就飞越冰山，飞进一个百花正在盛开的城市，那看起来空阔无边、不能横越的冰雪，很快地，竟成为记忆的一部分，被远远地抛弃了。

虽然我们是在高空上飞越冰雪，才有清爽亮丽的心情，但如果还原到人生里，生活也就是这样了。我们的一生固然短暂，却有非常多的时刻会感觉到被冰雪的寒冷所围困，或者沦陷到无边的黑暗里。任何一个人完全避免心灵的寒冷与黑暗是不可能的。

那么，在寒冷与黑暗包围我们的时候，我们要如何去面对，才能维持自在与希望呢？

说起来非常简单，就是让自己的心爬上高点，由一个比较广大的角度来观照自我。这并不是使身心分离，而是真实知道人生的变数虽然有害，但若是从大的心量来看，变数也是常数的一部分，正是觉悟的开启与智慧的契机。

我们在阿拉斯加的上空可以看到冰雪之美，我们在黄昏最后时刻也能感受黑暗之美，那是因为我们知道很快就能飞越冰雪，也知道黑暗是迎接光明的一种必然。

心的上升，往往使我们能时常处在光明与温暖的境界；倘若我们一直执着寒冷与黑暗的伤害，我们就会沉沦而不自知。

何不随时准备着飞越冰山呢？因为生活的冰雪只有心的温暖、心的高度、心的广大可以飞越。

塞林格的《麦田里的守望者》里突然飘下来一片东西，褐色的，从桌面上轻轻地跌在地上，没有一点声息。

我俯身捡拾，原来是一片叶子，已经没有水分，叶脉呈较深的褐色，由叶蒂往四面伸展。

最可惊的是，每一条叶脉长到叶的尽头，竟突破了叶子，长出又细又长的根须出来，数一数，一片小叶子正好长了十六条根须。我把这片叶子夹回我少年时代读的《麦田里的守望者》书中，惊奇地发现，那些从叶子里伸展出来的根须正好布满一整本书页的大小，在还没有突出书页的时候，它用尽了一切力气，死亡了。

那一片叶子是"落地生根"的叶子，一种最容易生存的植物。

我坐在书桌前，看着这一片早就枯死多年，而根须还像喘着气的叶子，努力追想着这一片叶子进入书中的最后一段历史。

"落地生根"是乡下极易生存的植物。在我的故乡，沿着旗尾溪的河堤，从河头围到河尾，全是用巨石堆叠出来的，河堤下部用粗大的铁丝网绑了起来。由于全是石头，河堤上几乎寸草不生。

奇怪的是，在那荒瘠的河堤上，却遍生了"落地生根"。从石头的缝里，"落地生根"孤挺地撑举出来，充满浓稠汁液的绿色草茎直立地站着，没有一株是弯曲的，肥厚的叶片依着草茎一片片平稳地舒展，它的颜色不是翠绿，而是一种带着不易摧折的深深的绿色。

最美的是春天了。"落地生根"像互相约定好的，在同一个时间开出花朵。花是红色的，但有各种不同的层次，有的深红，有的橙红，有的粉红，有的淡红。花的形状非常少见，像一整串花柱上开出数十朵甚至数百朵的花，形状像极了长长的挂在屋檐下的风铃。

我童年的时候，天天都在河溪边游徜，累了就躺在河堤上晒太阳，那时春天遍生遍开的"落地生根"与它美丽而不流俗的花，常常让我注视一个下午。黄昏的时候，微凉的风从河面抚来，花轻轻地摇动起来，人躺着，好像能听到在一串风铃的花间响动着微微的音乐，惊醒的时候才知道是河的声音，或者也不是河的声音，而是植物的内语，只有很敏感的儿童才能听见。

夏季的时候，"落地生根"的花朵并不凋落，而是在茎上从红色转成深深的褐色，一粒粒小小的，握紧着拳头，坚实的果实外壳与柔软的花是全然不同的了。果实中就包藏着"落地生根"有力的种子，不论落在何处，都会长出新的草茎，即使是最贫瘠的石头缝也不例外。

除了种子以外，"落地生根"用任何方法都可以繁殖，它身上随便的一片叶子，一段草茎，只要摘下埋在土里，就会长出一株新的"落地生根"。即使不用种子，不用茎叶，它的根所接触到的土地，也会长成新的植物，并且每一株还有更多的茎叶与花果。

我在刚刚会玩耍的时候，就为"落地生根"那样强悍的生长力深深地感动了。我们常常玩的游戏就是挑选那些长得最完满的叶子，夹在书页当中，时常翻看；每回翻开，"落地生根"从叶脉中衍长出来的根须就比以前长了一些，有时夹了几个星期，"落地生根"的叶子也不枯萎，而只要把它丢在土里，它就生发萌动，成为一株全新的植物。就是它这种无与伦比的力量，使我不论走到多远，常在梦里惦念着旗尾溪畔的堤防。"落地生根"不只长在堤防上，而且成为记念故乡的一种鲜明植物。

我手里这一片"落地生根"的叶子，是我在十五年前夹入《麦田里的守望者》这本书的。

那一年，我离开家乡到台南去求学，开始过着孤单而独立的生活。假期的时候我回家，几乎每天都到堤防去散步，看着欣欣繁长的、和石头缝隙苦斗的"落地生根"，感觉到它们是那样脆弱，一碰触，它的茎叶就断落了，也同时理解了它们永远不死的力量，因为那断落的茎叶只要找到机会，就会在野风中生长。小小的"落地生根"，给我在升学的压力里带来极大的前进的鼓励——我想，如果让我选择，我不愿意做一朵开在温室里的红色玫瑰，而宁可做一株能在石头缝里也成长开花的"落地生根"。"落地生根"虽然卑微，但它的美胜过了玫瑰，而且它是无价的。

我就读的高中是在台南离海边很近的地方，土壤里含着浓重的盐分，几乎是花草不生的所在，只有极少数的植物，像木麻黄、芙蓉花、酢浆草、凤凰花，还有一些不知名的野草，能在有盐分的土地上活着，但大多显出营养不良的样子。

那时学校没有自来水，我们的饮水全靠几辆水车从市区运来的淡水。学校里水井抽出来的水仅供沐浴洗衣，常是黄浊的，夹带着泥味，并且是咸的。我清楚记得，雨后的校园被太阳晒干以后呈现一片茫茫的白，摸起来是一层白色的结晶盐，饮水与土地的贫乏，常使我在黄昏的校园漫步时，兴起大地苍茫的感叹。

有一次，我带着影响我少年时代思想的一本书——塞林格的《麦田里的守望者》到故乡的堤防去看"落地生根"，正是开花的时节。我想着："这样有生命力的植物，在充满盐分的土地上是不是能够生存呢？"便随手摘下几片夹在书页里，坐着当天黄昏最后一班客运车赶回学校，第二天就把"落地生根"种在学生宿舍后面的空地上，让它长在有盐的地上，每天用有盐分的水浇灌。

"落地生根"的叶子仿佛带着神奇的化解盐分的力量，奇迹似的存活了，长得比学校的任何一株植物还要好，在我高三那年的暑假甚至开出风铃一样美丽的花朵。我坐在那些开在角落的"落地生根"旁边，学校师生都不知道的地方，抓起一把带盐的泥土深深地闻嗅，感动得满眼泪水。我含着泪对自己说："人要活得像一株'落地生根'，看起来这样卑微，但有生命的尊严；即使长在最贫瘠的土地，也要开出最美丽的花；在石头缝里、在盐分地带，也永远保持生存的斗志。"

我便是带着这种心情离开了海边的学校。我在学校不算是好学生，但在心底深处却埋下了一颗有理想的种子，像一株不肯妥协的"落地生根"。

书页里的这一片叶子是十五年前我忘记种在学校的最后一片叶子，遗憾的是，它竟然在书里枯萎。至于它的兄弟，我至今仍然不知是否还活在男生宿舍后面那片荒芜的空地里，或者早已死去，但这并不重要，因为它伴随那一段艰苦有压力的少年岁月，一起活在我的心中。

我今天能够实现一个坏学生最好的可能，那一条石头堤防，那一片含盐的贫瘠土地，那一株株有力的"落地生根"，都曾经考验过我、启示过我。

十五年前，我愿意做一株"落地生根"，现在仍然愿意，并且牢牢默记着自己含泪的少年誓言。

在《麦田里的守望者》的扉页上，我曾写下这样几句话：

> 没有人是一个孤岛，
>
> 每个人都是大陆的一部分。
>
> 没有鸟是一只孤鸟，
>
> 每只鸟都有着共同的天空。
>
> 没有鱼是一条孤鱼，
>
> 每条鱼都生活在大的海洋。
>
> 天下没有一片叶子是孤单的。
>
> 只要有土地，植物就能生长。

我把最后一片"落地生根"夹进书中，把书放进书架。十五年就这样过去了，而我对少年时代的怀念却从书架涌动出来，我仿佛看见一个蹲在角落的少年，流泪地、充满热望地看着自己亲手种植的植物，抬头看着广大的、有待创造的天空。

一九八四年五月十六日

我心光明

开启清净的自我

我心光明

二

　　在佛陀时代，印度有一个传说，这个传说就是：两条河交汇之处为圣地。所以，从前的庙和皇宫都盖在河边。这一点给我很大的启示，那就是当你和别人接触时，可以发现他高贵神圣的品质，那么你的心便是活在圣地里，会看到众生都是菩萨。

　　其实佛陀所教育我们的东西，很多都可以在生活中找到，譬如佛陀常常告诉我们，佛、我和众生都是"无二无别"，这点很难体会，因为我们每个人的身高都不一样，为什么会说没有区别？当然佛陀讲的是佛性，可是除了佛性之外，佛、我和众生也是没有区别，是"同体大悲，无缘大慈"。这些道理是从哪里来的呢？我曾经深深体会过这种经验。

去年琳恩台风来袭时，我住的松山区淹大水，家里停水又停电，又没有多余的贮粮，于是我涉水跑到杂货店问老板："有没有速食面和矿泉水？"他说："卖完了。"跑到第二家，也卖完了，连续跑了五家，全都卖光了，到了第六家，我问老板："还有没有速食面和矿泉水？"他说："还有一箱面，矿泉水卖完了。"我说："光有面没有水，怎么煮？"他说："你买两瓶黑松汽水回去煮也很好吃。"没办法，我只好照他的话做，当天晚上，我们就在家里吃汽水煮速食面。吃的时候，我就体会到佛陀是多么有智慧，它告诉我们：佛、我、众生是"无二无别"，世界上如果没有众生的话，我们连汽水泡速食面都吃不到，所以要对这个世界抱着感恩的心情。

众生是非常重要的，我们每天要吃饭、出门、坐车，都是靠着众生和菩萨的护持，如果没有他们护持的话，你想吃素菜也吃不到，那么这辈子学佛一定不会成功。因此，我们在生活中常常可以看到佛的教化，佛的这些教化有一个最重要的目的，就是要唤醒清净的自我。使我们从受染的自我变为清净的自我，开启清净的自我，使我们有更多的智慧和慈悲心来对应这个世界。

但是，这个世界上有许多众生，为什么无法开启清净的自我？

原因在于他们的心性被蒙蔽。被什么蒙蔽了呢？简单地说，就是习气。其实有时候我们也不知道习气指的是什么，因为佛教里很多东西看起来都好像是无形的，不过在生活里都可以找到对应的例子。

我有一个朋友，有一天烦恼地告诉我，他有一个论及婚嫁的女朋友非常喜欢看恐怖电影，每次都要他陪她去看，更恼人的是，她会在戏院里尖叫，一边叫一边捶打他，等到看完电影，出了戏院后，她的身心似乎都得到了纾解，可是我的朋友却觉得生活在恐怖之中。

有一天，我请他们吃饭，饭后，我就问那个可爱的女朋友说："听说你很爱看恐怖电影？"她说："对，对。"还告诉我台北目前有哪些恐怖电影最好看，我问她为什么那么喜欢看恐怖片，她说不知道。我说："我知道。你那么喜欢看恐怖片，有一个原因，这个原因就是：你很可能是从里面来的。"她听了惨叫一声，辩白说："不会的，我很善良，怎么可能从那里来？"我说："也许你不是从那里来的，不过，如果你每个星期都去看两三部恐怖电影，我可以确定的一点是，你死了以后，一定会到那里面去。"从此，她再也不敢看恐怖电影。

我这样讲是有道理的，因为佛教讲"神识、自性"，自性的本体是不受染的，不过意识却会受染，我们在意识里常常看恐怖的东西,思考坏的东西,慢慢地就会受到污染,当我们身心健壮时,这些污染不会显现,可是当一个人脆弱时,埋在六识里污染的东西就会出现,这种情况从佛教的观点来说,就是业障现起。业障是什么呢?就是你受染的部分,你欠这个世界、没有还清的东西,当你生病或临终时,你看过的恐怖电影都会一幕幕地浮起来,这时候,你一定会进入恐怖世界,想一想那是多么可怕的事啊!

佛教常说"身、口、意"三业要清净,这是因为人的习气常会令"身、口、意"受到污染,一个学佛的人的身心如果经常受到污染、遮蔽,那么他一定无法和佛菩萨相应,人只有在光明、清净的时候,才能和佛菩萨相应。

学佛之后,我才知道这其间的道理实在很简单,那就是我们的每一个念头、想法,所讲出来的每一句话,所做的每一件事,在虚空中都不会落空。我们讲恐怖的事情必然感应恐怖的东西,讲好的事情必然会感到好的东西,当我们心心念念想着佛菩萨,我们自然很容易和它感应。当我们每天跟人家讲菩萨,我相信每个人都会发现你后面站了许多菩萨,而我们站在那里,在别人看来,便宛如一尊菩萨。

所以菩提心的要义,就是常常保持在清净的世界,包括思想、言语、行为,只有在这种情况下,才能和佛菩萨相应。

我曾经听一个法师讲过一个笑话,说有人教一个老太婆,勤念"阿弥陀佛"可以往生净土，这个老太婆每天在家带她那个调皮的孙子时，就会边念："阿弥陀佛，天寿死团仔。""凸肚仔，你又在这里撒尿，阿弥陀佛。"她念佛从来没有念到心里去。有一天，天上雷声大作，她吓坏了，赶紧坐下来虔诚地念了一声"阿弥陀佛"。她死后，下到地狱去。当她睁开眼睛发现自己在地狱，就骂阎罗王说："我天天念佛，怎么会跑到你这里来？"阎罗王说："你念了很多佛，不过我们来秤秤看你念过的佛有多少句？"就拿过了一把秤，把她念过的佛放在上面一秤，结果只有一句算数，就是打雷时她所念的那一句。其他的佛号都和她讲过的坏话抵消了。当然这只是一个笑话，这个笑话告诉我们，菩提心是最重要的，一个人有菩提心，那么，念佛、诵经、拜忏、回向、做一切佛教的修行，才不会落空。

温柔半两

我心光明

　　读到无际大师的"心药方"，说不管是齐家、治国、学道、修身，必须先服十味妙药，才能成就。哪十味妙药呢？他说："慈悲心一片，好肚肠一条，温柔半两，道理三分，信行要紧，中直一块，孝顺十分，老实一个，阴骘全用，方便不拘多少。"这十味妙药要怎么吃呢？他又说："此药用宽心锅内炒，不要焦，不要躁，去火性三分，于平等盆内研碎。三思为末，六波罗蜜为丸，如菩提子大。每日进三服，不拘时候，用和气汤送下。果能依此服之，无病不瘥。"

　　这无际大师的心药方真是令人莞尔，细细品味而受教无穷。无际大师是谁我并不知道，我也不想去知道，觉得知道了他的身份反而会拘限了他，猜想他是某朝代的高僧之一，深解所有的病都是从心而起，一日灵感大发，而写下了这帖药方。

"心药方"是用白话写成，不难理解其意，在此必须解释的是"六波罗蜜"，波罗蜜是行菩萨道之谓，行法有六种：一布施、二持戒、三忍辱、四精进、五禅定、六智慧。菩萨用这六种方法渡人过生死海到涅槃彼岸。"菩提子"则是菩提树的种子，可做念珠，大小如莲子，做抽象解释时，"菩提"是"觉悟"的意思。

我想，不论是否佛教徒，每天能三服这帖心药，不仅能使身心安乐，也能无愧于天地，假如每天吃三四味，也就能去病延年，要是万万不可能，一天吃一口"温柔半两"，可能也足以消灾少祸了。

这一帖心药虽仅有十味，味味全是明心见性，充满了智慧，因为在佛家而言，人身体所有的病痛全是由心病而来。佛陀释迦牟尼将心病大致归属于贪、嗔、痴三种，只有在一个人除去贪、嗔、痴三病时，才能有一个明净的精神世界，也才会身心悦乐，没有挂碍，没有恐怖，远离颠倒梦想，因此所有佛书的入门就是一部《心经》，所有成佛的最高境界，靠的也是心。

佛书中对心的探求与沉思历历可见，释尊曾经这样开示："心作天，心作人，心作鬼神、畜生、地狱，皆心所为也。"（《般泥洹经》）又说："能伏心为道者，其力最多。吾与心斗，其劫无数，今乃得佛，独步三界，皆心所为。"（《五苦章句经》）对于为善的人，心是甘露法；对于为恶的人，心是万毒根；因此医病当从内心医起，救人当从内心救起。

例如佛祖在《楞严经》里说："灯能显色，如是见者，是眼非灯；眼能显色，如是见性，是心非眼。"翻成白话是："灯能显出东西不是灯能看见东西，而是眼睛借灯看见了东西；眼睛看见了东西，并不是眼睛在看，而是心借眼睛显发了见性。"那么我们可以说一个人不明事理，不是事理有病，不是眼睛有病，而是内心有病，只要治好真心，眼睛也可以分辨，事理也得到澄清。

无际大师的心药，即是从根本处解决了人生与人格的问题。

关于心的壮大，禅宗初祖达摩祖师在《达摩血脉论》中曾有一段精彩绝伦的文字，他说："除此心外，见佛终不得也。佛是自心作得，因何离此心外觅佛？前佛后佛只言其心，心即是佛，佛即是心，心外无佛，佛外无心。若言心外有佛，佛在何处？心外既无佛，何起佛见？……若知自心是佛，不应心外觅佛。佛不度佛，将心觅佛不识佛。"

因而历来的禅宗无不追求一个本心，认为一个人不能修心、明心、真心、深心，而想成佛道，有如取砖头来磨镜，有如以沙石作饭，是杳不可得的。这正是六祖慧能说的："若于一切处，行住坐卧，纯一直心。""但行直心，于一切法，勿有执着。"

知道了心对真实人生的重要，再回来看无际大师的心药方，他的这帖药是古今中外皆可行的，而且有许多味药正在现代社会中消失，实在值得三思。试想，一个人要是为人有好肚肠、长养慈悲心、多几分温柔、讲一些道理、对人守信用、对朋友讲义气、对父母孝顺、行住坐卧诚信不欺、不伤阴德、尽量给人方便，那么这个人算是道德完满的人，还会有什么病呢？

人人如此，社会也就无病了。

天下太平的线索其实就是一个人内心完成所组合的元素！

一九八五年五月八日

注：无际大师就是唐朝的石头希迁禅师。

我心光明

忧伤之雨

二

下雨的时候走在街上，有时会不自觉地落下泪来，心里感到忧伤。

有阳光的时候走在街上，差不多都能保持愉快的心，温暖地看待世界。

从前不知道原因何在，后来才知道，水性不二，我们心中的忧伤不就是天上的雨吗？明性也不二，我们心中的温暖会与阳光的光明相映。

下雨天特别能唤起我们的悲心，甚至会感觉到满天的雨也比不上这忍苦世间所流的泪。

由于世间是这样苦，雨才下个不停。我相信，在诸佛菩萨的净土一定是不下雨的，在那里，满空的光明里，永远有花香随着花瓣飘飘落下。

在苦痛的时候，我们真的可以感受到每一滴雨水都是前世忧伤的泪所凝结。

雨，是忧伤世间的象征，使我看见了每一位雨中的行人，心里都有着不为人见的隐秘的辛酸。

但想到我们今生落下的每一滴泪，在某一个时空会化成一粒雨珠落下，就感到抬头看见的每一颗雨珠都是我们心田的呈现。

下雨天的时候，我常这样祈愿：

但愿世间的泪，不会下得像天上的雨那样滂沱。

但愿天上的雨，不会落得如人间的泪如此污浊。

但愿人人都能有阳光的伞来抵挡生命的风雨。

但愿人人都能因雨水的清洗而成为明净的人。

这样许愿时，感觉雨和泪都清明了起来。

这样许愿时，我知道，娑婆世界的雨也是菩萨悲心的感召。

河水向前流

我心光明

—

　　几乎每隔一阵子，就有媒体要来访问我，我总是试图拒绝，万不得已才接受访问。我拒绝媒体的采访，是由于写文章需要很多的时间和心力，演讲的行程也排得很满。另外的原因则是，媒体的问题同质性太高，一说再说，实在没什么意思。

　　例如说"畅销书"好了。很多人都好奇我的书为什么畅销，我对畅销书的看法如何，作为一个畅销书作者的心情怎么样。

　　其实，答案很简单。我并不知道写畅销书的秘法，如果知道，二十年前我就写畅销书了。虽然不知写畅销书的秘法，不过作为畅销书作者是很开心的。

我对畅销书的看法？当然现今的台湾，在文学界有一种怪现象，有一些从来就卖不出去书籍的教授、评论家很看不起畅销书，好像充满仇恨的样子。

这真的很奇怪，就好比有两家毗邻的餐厅，一家生意兴隆，一家门可罗雀。生意兴隆的餐厅大概会有几个特色，就像用料实在、食物新鲜、服务诚恳、厨艺高超等等，所有的人都宁可到这种餐厅吃。门可罗雀的餐馆主人当然心里不是滋味，但他通常不会检讨自己的菜色、口味或服务，反而骂生意好的餐厅没水平，顾客没有品味。

正巧门可罗雀的餐厅老板闲得发慌，或在报纸杂志的"开味版""读菜版"写专栏，使人误以为没有人吃的菜才是主流、才有创意。

这真的很奇怪。在政治上，我们投票给贤能的人；在经济上，我们支持大的公司和好的品牌；看电影，我们选择排长龙的电影；吃饭，我们找生意好的餐厅。为什么独独出版书籍、文学，畅销的书就没水平呢？

还有更奇怪的，那些闲得发慌的评论家，出书的时候到处演讲促销、刊登广告，为什么他们一边批评畅销书，一边又梦想着自己的书畅销呢？

媒体问完了畅销书，大概会问：那么，你写作的时候会不会顾虑市场，想到读者的问题？

这时我就会反问：市场要怎么顾虑？又怎么去想读者呢？如果这样东思西想的，怎么来写文章呢？

市场与读者都是自然形成的，一个作家在写作的时候，很难思考得那么繁复。而且，当我们认为读者是"可预测""可拿捏""可操控"的时候，就已经失去最基本的诚意了。

我的意思并不是说，一个作家可以超然站立于读者之上，而是说一本书会不会被读者接受是相对的，而不是绝对的。很注意读者与市场的作家不一定会畅销，完全不注重读者与市场的作家也可能会畅销；一时畅销的作家不一定会永久畅销，一时滞销的作家也不见得永久滞销。

话又说回来，心存读者也不是什么坏事。心存读者，以"众人之心"写作的人，也会写出好作品，完全不管读者的写作者也可能写出烂作品。

因此，畅销、市场、读者都是中性的、相对的，若以此来评论一本书或一个作家的好坏和成就，常常会产生很大的偏颇。

写作二十几年来，我时常感觉社会、评论家、媒体对作家的兴趣不是来自作品，而是来自许多周边的事物。

因此，我们会看到从来不写作或作品很少的人，每天都以感叹文学没落为职志；许多可以写作的人因写作获利少，都纷纷去主持电视、广播，空挂着作家的名衔；作品水平很差的人，经常在大谈文学性、纯粹性；许多常常参加活动、台面上的作家，都是很久很久没有作品发表了。

其实，一个作家真正的价值就是他的作品。当我们离开作品做评价的时候，就是一种扭曲、一种偏见！

就如同一条河，作家的作品只是向前流去，读者、市场、畅销只是河岸的花树风景，不论风景如何变幻，河流总是要不停地向前流去。

只可惜站在河边的人，往往看不见河水呀！

我心光明

朋友从国外来，送了我一瓶香水，只因为那香水的名称叫"轮回之香"。

朋友说："在佛教里，轮回原是束缚堕落的意思。轮回之中还流着香气，真是太美了。"

我听了有些迷茫。这几年像香水这样的东西也有两极化的倾向。就在不久之前，有两家极为著名的香水公司，分别把它们的香水叫"毒药""寡妇"，也曾引起一阵流行的风潮。如今突然跑来一阵轮回之香，突破了毒药的迷雾。

"香水只是香水，不管它用什么名称，也只是香水呀！"

我对朋友说。

对于那些透过强大的宣传来制造的神话，我往往不能理解。对于为什么小小的化妆品香水之类竟可以卖到八千、一万的高价，我更不能理解。

我的不能理解来自我的童年。小学三年级我生了一场大病，到高雄开刀，住在亲戚家。亲戚是化妆品制造厂的老板。我记得他的工厂摆了四口大灶，灶上的锅子永远煮着烟气弥漫的香料，用一个大棒在里面不停地搅拌，香气在一里外就能闻见。

煮好的化妆品分成两种：一种是面霜，一种是水状的（大概是香水或化妆水）。水状的放入茶壶冷却，然后一瓶瓶倒在玻璃瓶里批发出去。

三十年前的台湾还是纯手工的时代。对那制造过程的熟悉，竟使我后来看到化妆品都生起荒谬之感。我的脑海里时常浮起表姨在黑夜的灯下，用棒子搅动大锅和以茶壶装瓶的画面。

在表姨家的一个月，我就住在化妆品工厂的阁楼上，那终日缠绵的香气无休无止地在我四周环绕。刚开始的两天还觉得味道不错。过了一阵子，竟感觉那种香虚矫而夸饰，熏人欲呕。到后来，我躺在阁楼上，就格外地怀念乡下牛粪的气味，还有小路上野草的清气。

当年，在台湾南部最流行的香水是"明星花露水"。表姨时常感慨地说："如果能做到像明星花露水那么有名就好了。"

我们乡下中山公园山脚有一家茶室，茶店仔查某都是喷明星花露水。我们每次路过，闻到花露水和霉味交杂的气息，都夹着尾巴飞快地逃走，那个味道有一种说不出来的龌龊之感。

不久前，我在台北松山路一家小店买到大中小三瓶明星花露水，包装还是和三十年前一样，价钱所差无几，三瓶不到两百元。想到多年未联络的表姨，想到人事的沧桑，不禁感慨不已。

我对朋友说到了我对香水的一页沧桑："如果有一家名厂的香水取名为'牛粪'或'青草'，仕女们也会趋之若鹜吧！"这没有贬抑香水的意思，只是对一瓶香水的广告上所说"一滴香水代表永生，不断转生，追求尽善尽美的和谐，小小一滴即是片片永恒，只要一次接触，神奇的境界顿然开启"有着一笑置之的态度。

不管是东方还是西方，香水一直是神秘的象征。在我国晋朝的时候，女人为了制造香水胭脂，要先砍桃枝煮水，洒遍室内，然后砍寸许的桃枝数千条围插在墙脚四周，并且禁止鸡鸣狗叫，供一个紫色琉璃杯在"胭脂之神"前，自穿紫衣、紫裙、紫带、紫冠簪、紫帽子，虔诚地礼拜。最后，用桃叶刮唇，一直刮到出血，再把血与紫色花朵放在装着汾河水的鼎里煮沸，女人长跪闭目等待，不久鼎内就化为香水胭脂了。传说这是我国制造胭脂的开始。

被命名为"轮回之香"（Samsara）的香水，传说是那个长跪在西藏佛教圣地扎什伦布寺佛陀像前的人，得到佛的圆满、宁静、祥和、亲切的启示，以数十种自然原料创造的永恒之香。女性用了这种香水就会得到优雅、宁静、自在。

这两段传说，前者出现在明朝伍瑞隆的小品，后者是二十一世纪新香水的说明书。是不是都充满着神秘、传奇的宗教气氛呢？

不只东西方对香水如此，传说中东沙漠边陲有个"阿拉伯乐土"（Eudevnon Araba），在《旧约》的记载中就是盛产香水的地方。他们以橄榄树提炼出来的纯白香料置于炭火上焚烧，会散发出神秘优雅、难以言喻的甜美香气。古埃及和罗马王朝的帝王以此作为祭祀，可与神灵交感。希腊人在公元前一世纪就带着这些香料在海上贸易，并直航阿拉伯海和印度洋。这条贸易之路早于我们所熟知的"丝路"，被称为"海上丝路"或"香之路"。

日本当代的音乐家神思者（S.E.N.S.，电影《悲情城市》的作曲者），以这个传说为蓝本，写出了极为动听的"海上丝路系列"。我在聆听《海神》《伽罗》《茶之圆舞曲》的乐音时，仿佛也闻到了橄榄树那白色的香气。

日本人从江户时代开始就有"香道"之说，更把香水提升至道的层次，研究香味对生理和心理的影响，发展出极富想象力的芳香疗法（Aromachology）。香道是从佛教出来的，香常被用来象征佛法的功德，香道其实就是功德之道。

印度是极早就用香的民族，数千年前就有旃檀香、沉水香、丁子香、郁金香、龙脑香、乳香、黑沉香、安息香等香料。若依使用方法，有香水、香油、香药、丸香、散香、抹香、练香、线香等等，排起来洋洋洒洒，正是一本"香道"。

我觉得极有趣的是在印度、中国西藏都有制"香泥"的风俗。他们把牛粪、泥土、香水混合起来，制成一种泥状的东西，作为涂坛场修法之用。香水虽贵，牛粪泥土亦可贵呀！

于是对于"轮回之香"我有不同的观点：在无始劫的轮回之中，如果我们有戒香、定香、慧香、解脱香、解脱知见香等功德之香作为引导，必将走入更清净的境界。我深信在法界中，必有一个无形无相的香光庄严世界。

但是，再回头一想，这世界，不论古今中外，任何民族都有他们的"香道"，用以涂饰身体，掩盖从身体出来的自然之味，也可见我们的身体是多么不净。佛陀在四念处中教我们常念"观身不净、观受是苦、观心无常、观法无我"是多么深刻而真实的教化呀！

这身体，即使吃的是山珍海味，饮的是玉液琼浆，穿的是绫罗绸缎，涂的是轮回之香，只要过了一夜，无不成为不净的东西。如是观察，就会使我们免除对身相的执着。身相的执着一旦破了，用来庄严不净之身的事物也就不会执着了。

我最感慨的是，现代的香水越做越昂贵，香气越来越盛，甚至连男人也使用香水，是不是表示现代人的身心一天比一天不净了呢？

布施，是菩萨净土

_1

有人向我问起布施的事。

我说："布施就像泡茶一样，我们泡茶请客的时候，往往随手抓一把茶叶丢进去，不会算一壶茶共用几片茶叶。"

一把茶叶的组成，是一片一片的茶叶，每一片茶叶看来都那样渺小，但一壶茶水里，每片茶叶都有芳香，不管泡多泡少，倒多少杯，每一杯茶里都有每一片茶叶的芳香。

布施也是这样，有时候我们把一片茶叶丢进一壶茶，虽然那么小的一片，与许多富有的人不能相比，但也只是如此小的一片，就盈满了整壶茶。

当别人在泡大壶茶的时候，别忘了丢一片茶叶进去，如果有能力，丢两三片更好；如果更有能力，抓一把丢进去也无妨。

从最小的一片茶叶做起，这是为什么佛教里说"随喜功德"，而不说"拼命功德"。

布施，正是从随喜开始。

_ 2

有人问我说，布施的时候偶尔会想到回报的问题，该怎么办？

我说："我们可以来做一个实验。"

找一盆水和一杯蜂蜜，将蜂蜜倒入水里，搅拌均匀，然后想办法把蜂蜜从水中捞起来，试问这样可以做到吗？

那人说："当然是做不到了，溶化的蜂蜜怎么可能取回呢？"

是的，一个人行布施正是如此，是把蜂蜜加入水中搅拌，一直到中边皆甜，端给别人喝，然后忘记蜂蜜是自己的，忘记蜂蜜的存在，乃至忘记喝掉那杯蜜水的人，这三重的不记，就是佛法说的"三轮体空"。

因而布施的人要有放下的态度、要有随缘的心，在时空因缘中，我们随缘地把自己有的也分给别人，那是这世界因缘善的循环的开始。

我们随缘的布施，永远有利息在人间。

_ 3

有人对我说，我们的人生这么有限，我们的能力这么渺小，布施出去的那一点点，真的对别人有用吗？

我说："那我们应该学习看山看海。"

最高的山，它不是独自存在，也是由土石形成的，山里的一块石头、一把沙看起来不重要，但在许多关键时刻，掉了一块石头，山就可能崩了。

最广的海，它不是虚幻所成，也是由一滴一滴的水组成，一滴水或许不多，很多滴水可能就会成为排山而来的波浪。

山水是由渺小与有限组成的，高大无边的功德之山，也是由渺小有限的功德组成的。每一个渺小有限的布施，都非常有用。

让我们来学习做一点布施吧！

随意一些，人人都可以用小石小沙堆成一座高山。

_ 4

有人布施时有挣扎，担心布施被人骗了，甚至担心街头的乞丐都是假冒的，想布施担心受骗，不布施则于心有愧，怎么办？

我说，布施重要的虽然是财物，但有比财物远为重要的东西，就是心，心里生起布施的一念，那时心就柔软了，慈悲了，处在清净之中了。这种受惠是财物所无法衡量的。

《维摩诘经》里说"布施，是菩萨净土"，正是这个意思。不要担心受骗，也用不着挣扎，在布施的那一刻，最受益的就是自己了。

常行布施的人，常处于清净之中；常行布施的人，心常觉醒而温柔；常行布施的人，是世上最有福报的人。

让我们常行布施吧！让我们的心常常处于净土吧！

我心光明

一

一个有钱的富人，正在家院的花园里赏梅花。

那是冬日寒冷的清晨，艳红的梅花正以最美丽的姿容吐露，富人颇为自己的花园里能开出这样美丽的梅花而感到无比的快慰。

突然，门外传来敲门的声音，富人去开了门，发现一个衣衫褴褛的乞丐，在寒风里冻得直打抖，那乞丐已在这开满梅花的园外冻了一夜，他说："先生，行行好，可不可以给我一点东西吃？"

富人请乞丐在园门口稍稍等候，转身进入厨房，端来一碗热腾腾的饭菜，他布施给乞丐的时候，乞丐忽然说："先生，您家里的梅花，真是非常芳香呀！"说完了，转身走了出去。

　　富人呆立在那里，感到非常震惊，他震惊的是，穷人也会赏梅花吗？这是自己从来不知道的。另一个震惊的是，花园里种了几十年的梅花，为什么自己从来没有闻过梅花的芳香呢？

　　于是，他小心翼翼的，以一种庄严的心情，深怕惊动梅香似的悄悄走近梅花，他终于闻到了梅花那含蓄的、清澈的、澄明无比的芬芳，然后他濡湿了眼睛，流下了感动的泪水，为了自己第一次闻到了梅花的芳香。

　　是的，乞丐也能赏梅花，乞丐也能闻到梅花的香气，有的乞丐甚至在极饥饿的情况下，还能闻到梅花清明的气息。可见得，好的物质条件不一定能使人成为有品味的人，而坏的物质条件也不会遮蔽人精神的清明，一个人没有钱是值得同情的，一个人一生都不知道梅花的香气一样值得悲悯。

　　一个人的质量其实是与梅香相似，是无形的，是一种气息，我们如果光是赏花的外形，就很难知道梅花有极淡的清香；我们如果不能细心地体贴，也难以品味到一个人隐在外表内部人格的香气。

　　最可叹惜的是，很少有人能回观自我，品赏自己心灵的梅香，大部分人空过了一生，也没有体会到隐藏在心灵内部极幽微，但极清澈的自性的芳香。

　　能闻梅香的乞丐也是富有的人。

　　现在，让我们一起以一种庄严的心情，走到心灵的花园，放下一切的缠缚，狂心都歇，观闻从我们自性中流露的梅香吧！

一个孩子问我："叔叔，这个世界上有没有比钻石更有价值的东西？"我问他："你怎么会问这个问题呢？"他说："因为报纸上刊登了一个模特穿着一件镶满钻石的礼服，听说价值是一亿呢！"我说："有呀！这个世界上所有活着的钻石都比钻石珍贵而有价值。""钻石不是矿物吗？怎么会有活的钻石呢？"我告诉孩子："凡是有价值的、生长着的事物，我们都可以叫它活的钻石。像我们可以说花是活的钻石、爱是活的钻石、智慧是活的钻石、一个孩子是活的钻石。"我摸摸孩子的头说："你也是活的钻石呀，如果用克拉来算，你的价值也超过一亿呢！"

孩子不可置信地看着我，从他的眼神中，我看到了价值的混乱。但是价值确是如此被混乱的，许多人误以为钻石的价值是真实的，反而不能相信世间有许多事物，其价值犹在钻石之上。就像毒品好了，当警方查获大批的海洛因或安非他命，新闻报道常说："此次查获的毒品，价值五亿四千万元。"这使我们读了感到混乱，因为毒品在不吸毒的人眼中根本是一文不值的，甚至会伤身害命，怎么可以有那么高的"价值"？

钻石虽然不是毒品，它的价值与价钱是值得思考的。钻石作为一种石头，它的价值是中立的，它的光芒，是因为附加的价值而显现。

如果是以钻石来表达爱情的永恒坚贞，钻石就变得有价值。

如果是以钻石来炫耀自己的虚荣，则钻石是一文不值的。

如果是以钻石参加慈善的义卖，去救助那些贫苦的众生，钻石就变得有价值。

如果把钻石收藏于柜中，甚至无缘见天日，则钻石是一文不值的。

有了好的附加价值，钻石就活了起来。

变成虚荣与炫耀的工具，钻石就死去了。

不只是钻石，所有无生命的、被认为珍宝的事物皆是如此，玉石、翡翠、珍珠、琥珀、琉璃、黄金、珊瑚等等，并没有真正的价值。

事物的价值是因为"意义"而确定的，意义则是由"心的态度"而确立的。

如果我们真能确立以心为主的人格与风格，来延伸人生的意义与价值，就会显现生命的诚意，使生活的一切都得到宝爱与珍惜。每一朵花、每一个观点、每一段历程都变成"活的钻石"，每一分爱、每一次思维、每一次成长都以"克拉"来计算。

在这无常的世界、每一步都迈向空无的人间，重要的是"活"，而不是"钻石"。

每时每刻都是活生生的，都走向活的方向，都有完全的活。

每一个刹那都淳珍宝爱，都充满热诚与美，都有创造的力。

那么，生命就会有钻石的美好、钻石的光芒了。

心田上的百合花

二

在一个偏僻遥远的山谷里，有一个高达数千尺的断崖。不知道什么时候，断崖边上长出了一株小小的百合。

一开始百合刚刚诞生的时候，长得和杂草一模一样。但是，它心里知道自己并不是一株野草。它的内心深处，有一个内在的纯洁的念头："我是一株百合，不是一株野草。唯一能证明我是百合的方法，就是开出美丽的花朵。"

有了这个念头，百合努力地吸收水分和阳光，深深地扎根，直立地挺着小小的胸膛。终于在一个春天的清晨，百合的顶部结出了第一个花苞。

百合心里很高兴，附近的杂草却很不屑，它们在私底下嘲笑着百合："这家伙明明是一株草，偏偏说自己是一株花，还真以为自己是一株花，我看它顶上结的不是花苞，而是头脑长瘤了。"

公开场合，它们则讥讽百合："你不要做梦了，即使你真的会开花，在这荒郊野外，你的价值还不是跟我们一样？"偶尔也有飞过的蜂蝶鸟雀，它们也会劝百合不用那么努力开花："在这断崖边上，纵然开出世界上最美的花，也不会有人来欣赏啊！"百合说："我要开花，是因为我知道自己有美丽的花；我要开花，是为了完成作为一株花的庄严生命；我要开花，是由于自己喜欢以花来证明自己的存在。不管有没有人欣赏，不管你们怎么看我，我都要开花！"

众多不屑、讥讽鄙夷声里，野百合努力地释放内心的能量。有一天，它终于开花了。它那灵性的洁白和秀挺的风姿，成为断崖上最美丽的风景。这时候，野草与蜂蝶再也不敢嘲笑它了。百合花一朵一朵地盛开着，花朵上每天都有晶莹的水珠，野草们以为那是昨夜的露水，只有百合自己知道，那是极深沉的欢喜所结的泪珠。

年年春天，野百合努力地开花、结籽。它的种子随着风飘扬，落在山谷、草原和悬崖边上，到处都开满洁白的野百合。几十年后，远在百里外的人，从城市、从乡村赶来欣赏百合开花。许多孩童跪下来，闻着百合花的芬芳；许多情侣互相拥抱，许下了"百年好合"的誓言。无数的人看到这从未见过的美景，感动得落泪，触动内心那纯净温柔的一角。后来，那里被人称为"百合谷地"。

不管别人怎么欣赏、称赞，满山的百合花都谨记着第一株百合的教导："我们要全心全意默默地开花，以花来证明自己的存在。"

第四辑

自在平常

虽然银合欢在乡人的眼中
是那么无用，连父亲都看不起
它，我还是打私心里喜欢它，
因为它低矮，不像南洋杉木崇
高；它亲切，不像桃花心木严
肃；何况，它在风里是那么好
看。如同乡里间的小人物，他
们不能成为领导者，却各自在
岗位上发挥了大人物所不能体
知的功能。

一

　　终年在冰天雪地里生活，抬眼所见只有一片银白，没有远近，没有距离，没有边缘，究竟会产生什么样的情况呢？一位朋友对爱斯基摩人的文化与生活很有兴趣，常谈爱斯基摩人种种，在冬天的冷冽中听起来饶有兴味。

　　他说，在爱斯基摩的文字中，就有三十个"雪"字，用以分辨那在一片白茫茫世界里雪的诸相。在我们平常所习知的雪中，爱斯基摩人因为长时间细致的体察，竟能一一辨别出它们在颜色与结构之间的不同，而且由于环境里只有冰雪一种情况，为了在语言与文字中能确实表达环境，也因而不得不发展出三十个雪字来。

这真是一个动人的说法。我向来觉得中国文字结构可因观察力的细密无限延展，可是打开再大的辞典，关于雪的描写也不过寥寥数字，如雪、雱、雹、霙、霁、霜、霰、霅，而且有的字意还互相交缠，比起爱斯基摩人就显得相当粗疏了，因此我们说爱斯基摩人是世界上最了解冰雪的民族，一点也不为过。他们就在那无垠的雪中生活，从生活里对雪有了最细微精密的体察。

朋友又说："爱斯基摩人应用敏锐的观察力，奠下对地形与风向的惊人认识，在外人以为全无辨识目标的单调地方，充满了意义丰富的参照点。在月黑风高而拉撬的狗也没有把握的情况下，猎者仍旧毫不犹豫地出门，他们用皮衣软毛飘动的方向定位后继续路程；他们在雪丘上看出风痕，在雾封的海岸听风向与拍岸的浪声以测位航行（开于风的字眼至少有十二个）；在能见度等于零时，他们听呷角上的鸟鸣，嗅土地与浪涛，感受脸上的水沫与风，以屁股去读风与波涛相互造出的模式。他们告诉你有一只鸟在天上，你硬是看不见，这并非他们生来有非凡双眼，而是由于他们当下即进入经验本身，一见即成为所见。他们不是观察者而是参与者。"

我们终于知道爱斯基摩为何有很多的"雪"字，并非他们想观察雪或感受雪，而在于他们是雪中的子民，雪是他们与生俱来的生活，他们的生命里有雪，是一种确实经验的本体。

反倒是他们所雕刻的艺术，人的脸部通常没有五官，因为他们把生活赤裸到最低的要素，艺术亦然。对爱斯基摩人来说，行动的姿势比五官的清楚还要重要，他们不是透过表情来表达思想，而是把思想寄托在行动之中，因为永不止息的行动能抗风御雪。在那块冰雪永不解冻的土地上，风以七十英里以上的时速吹吼，一般人在那里生活会使血中的白细胞减少，抗病力减低，引起缺氧诸病，以及全身碱中毒，但是这样的土地却是爱斯基摩人最热爱的土地。

这种热爱是可以理解的，因为雪是他们与生俱来的东西，婴儿的第一次澡是用雪来洗，死亡时也埋在雪中。

探测了雪的存在对爱斯基摩人的意义，使我想到我们对身边任何事物的理解几乎全比不上他们对雪的明白。就说"爱"好了，我们所居的人间，爱是何其多样，何其复杂，然而我们只有一个"爱"字可以表达，其无力可想而知。

古来的文学艺术之浩瀚，全在为了表达一个"爱"字，它所描写人生的喜怒哀乐、恩怨情仇，是从正面去面对一个爱，从反面去反映一个爱，从侧面去观察一个爱，甚至从内面去参与一个爱。但由于文字意涵的纷繁，这些爱的情感往往不能做完全明晰的写照，加上各人经验的不同，也做了多重解释。从好处说，是产生了多重意义，从负面上看，则真不如爱斯基摩人对"雪"那样明确真实的描绘了。

为什么我们的一生为爱所左右，我们日日活在爱的情感中，竟不能真切说出爱的有为法呢？我们在面对茫茫人世的未可知里，是否能从空气的气味、风飘动的衣角、大海拍岸的浪声或者说仅从一只鸟的飞向，就判断出爱的方向，毅然出门追寻呢？

其实，爱的大情感，在大的层面里就如同一片冰白之雪，敏感的人从里面找到不同的东西，也只有自己对爱的体会才是最真实的；鲁钝的人只看到一片白，难以揣测在那看起来完全相同的表面，竟可以有深沉的神秘与复杂——恐怕有一些人从未有过爱，正如同有人一生完全没有见过雪一般。

爱斯基摩人对雪的细密敏锐，原是经过多少世纪的熬炼，由此想到，我们在这个时代里如何熬炼自己的爱。那么，有一天说不定我们也能从一片没有远近、没有距离、没有边缘的情感中，一口气描绘出三十种以上的差别，到那一天，我们生命中的爱就算有一个阶段的完成了。

一九八三年一月十八日

永远有利息在人间

一

从前读陈之藩先生的《在春风里》，里面附了一封胡适之先生写给他的信，有这样的几句："我借出的钱，从来不盼望收回，因为我知道我借出的钱总是'一本万利'，永远有利息在人间。"

我读到这段话时掩卷长叹，那时我只是十八岁的青年，却禁不住为胡先生这样简单的话而深深地动容，心里的感觉就像陈之藩先生后来的补记一样："我每读此信时，并不落泪，而是自己想洗个澡，我感觉自己污浊，因为我从来没有过这样澄明的见解与这样广阔的心胸。"

胡先生对待朋友"柔和如水，温如春光"，也因为他的澄明，他能感觉到人类最需要的是博爱与自由，最不能忍受的是欺凌与迫害，最理想的是如行云在天，如流水在地，自由自在地生活。

我想，在这个世界上能把私利看淡到这样的境界，确实是很不容易的事。胡先生的生平事迹很多，但最感动我的就是这一句"永远有利息在人间"。从佛教的观点来看，这是一种布施的菩萨行，也是佛徒所行的六波罗蜜的首要。

世尊在《大般涅槃经》曾如此开示："菩萨摩诃萨行布施时，于诸众生慈心平等，犹如子想。又行施时，于诸众生起悲愍心；譬如父母瞻视病子。行施之时其心欢喜，犹如父母见子病愈。既施之后其心放舍，犹如父母见子长大，能自在活。"

不同的是，胡先生是借给朋友和晚辈，不盼望收回，而佛菩萨所行的则不分亲疏普及于众生，在根本上也没有盼望或不盼望的问题。而且胡先生借出去后知道有利息在人间，佛菩萨根本不知利息，忘记利息，是"惠施众生，不自为己"，是"惠施求灭，不求生天"，是"解脱惠施，不望其报"，在境界上是究竟的超越了。

一个人活在这个世界上，大致可以分成三种境界：一是提不起，放不下。二是提得起，放不下。三是提得起，放得下。一般人是提不起，放不下，像我有一个朋友从不借钱给人，问他原因，他说："为了免得将来低声下气地向人要债，干脆不借算了。"这是第一种人。第二种是争名夺利之辈，攒了一大堆钱，可是看到人贫病忧苦，眉头也不皱一下，到最后两手一松，留下一大堆钱反而养出一堆无用的子孙。

胡适先生则接近了第三种人，只有这一种人才能昭如日月，平淡坦然，不为人间的几个利息而记挂忧心，人生才能自在。

若有人问：那么，佛的施舍是什么境界？

《华严经》里说到十种净施，是众生平等的布施，是随意的布施，是积极的布施，是有求必应的布施，是不求果报的布施，是心无挂碍的布施，是内外清净的布施，是远离有为无为的布施，是舍身护道的布施，以及施受财三者清净如虚空的布施。

到了这种境界，利息就不是在人间，也不是在天上，而是自在圆满，布满虚空了。

我们是要守着几枚臭铜钱躲进阴暗的房子，还是要丢掉铜钱走到阳光普照的地方呢？

我心光明

幸福终结者

一

　　从前看童话书，有许多是关于王子和公主的故事。这种故事都是千篇一律，是公主受到某种妖魔或巫婆的咒术魅惑，变成植物、动物，或长睡、或被禁制而失去了自由。王子，英俊、潇洒、骑着白马、手拿宝剑，经过重重磨难，终于把公主救了出来，故事的终结总是，"王子与公主从此过着幸福快乐的日子"。

　　虽然在小时候，我们就知道那个"从此"是不太可能的，但一读到"从此过着幸福快乐的日子"心里就充满一种特殊的感动，深知那不一定是个结局，却一定是个期望。

　　为什么说"从此过着幸福快乐的日子"不是结局，却是期望呢？因为除了童话，我们也看许多卡通影片，在卡通影片里题材也是千篇一律的，一只弱小的动物或一个弱小的人，一开始总被强大的动物、人或者压力整得一塌糊涂，在故事的后半段，他们总是奋力一击，获得了最后的胜利，结局也可以说是"从此过着幸福快乐的日子"。

不幸的是，卡通影片与童话故事不同，它有续集，主角的幸福仿佛没有过多久，就要面临新的考验与压力，在挫败的角落中抗争，最后又得到一次幸福。然后，故事就周而复始地重复不已，卡通人物是不死的，所以他们遇到失败与压力不死，他们的幸福也总是在失落沉沦中重生。

不只童话或卡通是这样，在电视上演给大人看的警匪、侦探、情爱的单元剧，都是让我们看见了英雄一再的考验与重生。

这些都使我们知道，在人生里借着外在世界的克服、奋斗，不一定能得到最后幸福的结局，因为只要这个世界不停止转动，人的挫折考验就不会终止，活在这世界一天，就不可能有"从此过着幸福快乐的日子"的一天。即使贵如王子与公主也不能逃出这个铁则，这是为什么我们读古代王室的历史，发现争端、纠缠、丑闻的时代总比太平的时代多得多。

是的，我们骑白马拿宝剑去砍杀妖魔、破除巫术，并不能使我们进入平安的境地。

我对于王子与公主的故事于是有了新的体会，如果我们把除妖破巫的行动当成一种象征，象征了王子去砍除心中的妖魔与纠缠在欲念上的巫迷，就可以使他断除一切心灵的纠葛，到达一个宽广、博大、慈悲、无所动摇的心境，那么他从此过着幸福快乐的日子并不是不可能。

不要说走在荆棘遍地、丑怪狰狞的地方了，就是走在地狱的炼火中，也能有清凉的甘露。佛教里有一尊地藏王菩萨，由于心地无限光明与无量慈悲，经常在地狱中救拔众生，当他走过地狱燃烧的烈火，每一朵火焰都化成一朵最美丽的红莲花来承接他的双足，这是一则多么动人的启示呀！

我们对于最终的幸福，因而要有一个更新的体认。记不得是哪一个诗人说过："人们常为了追求幸福而倒在尘沙之中，而伊甸园就在左近。"爱默生更说过："快乐，不是一个地方，而是一个方向。"

幸福快乐不是一个结局，只是一个方向罢了，我们只能说一直在往那个方向走，而不能说是在朝那个结局前进。

只要我们去除心的葛藤，不断走向幸福的方向，就不只是让我们从黑暗之地走向光明，而是从光明的起点走向另一个光明的起点。

是什么使我们从光明走向光明？说穿了也很简单，就是回到心的清净，回到一个更广大的包容罢了。

最清净广大的心胸世界，才是幸福的终结者。

玫瑰奇迹

　　有一天，突然兴起这样的念头：到台北我曾住过的旧居去看看！于是冒着满天的小雨出去，到了铜山街、罗斯福路、安和路，也去了景美的小巷、木栅的山庄……

　　虽然我是用一种平常的态度去看，心中也忍不住波动，因为有一些房子换了邻居，有的改建大楼，有的则完全夷为平地了。站在雨中，我想起从前住在那些房子中的人声笑语，如真如幻，如今都流远了。

　　我觉得一个人活在这个时空里，只是偶然地与宇宙天地擦身而过，人与人的擦身是一刹那，人与房子的擦身是一眨眼，人与宇宙的擦身何尝不是一弹指呢？我们寄居在宇宙之间，以为那是真实的，可是蓦然回首，发现只不过是一些梦的影子罢了。

我们是寄居于时间大海边的寄居蟹，踽踽终日，不断寻找着更大、更合适的壳，直到有一天，我们无力再走了，把壳还给世界。一开始就没有壳，到最后也归于空无，这是生命的实景，我与我的肉身只是淡淡地擦身而过。我很喜欢一位朋友送我的对联，他写着：

来是偶然，

走是必然。

每天观望着滚滚红尘，想到这八个字，都使我怅然！可是，人间的某些擦肩而过，是不可忽视的，如果有情有意又有天真的心，就会发现生命没有比这一刻更美的。

我们在生命中的偶然擦肩，是因缘中最大的奇迹。世界原来就这样充满奇迹，一朵玫瑰花自在开在山野，那是奇迹；被剪来在花市里被某一个人挑选，也是奇迹；然后带着爱意送给另一个人，插在明亮的窗前，也是奇迹。

因此，我们可以这样说：对一朵玫瑰而言，生死虽是必然，在生与死的历程中，却有许多美丽的奇迹。

人生也是如此，每一个对当下因缘的注视，都是奇迹。

我从旧家安和路的巷子走出来，想去以前常喝咖啡的芳邻餐厅坐一下，发现咖啡厅已不在，从前在廊下卖口香糖的老先生却还在，只是更老了。在从前常买花的花店买了一朵鹅黄色的玫瑰，沿着敦化南路步行，对每一个擦肩而过的人微笑致意，就好像送玫瑰给他们一样。

我不可能送玫瑰给每一个人，那么，就让我用最诚挚的心、用微笑致意来代替我的玫瑰吧！我们在生命中的每一个相会也是偶然的擦肩而过，在相会的一弹指，我深信那就是生命最大、最美、最珍贵的奇迹！

更忠于原味

我心光明

有年轻人来问我："林先生，怎么样才能写一本畅销书？"

这个问题使我呆了半晌，我说："如果我知道怎么写畅销书，早在二十年前我就是畅销书作家了。"

年轻人听了，并没有退却，反而咄咄逼人地说："可是这几年来，你的书几乎是本本畅销，你一定是有一些秘诀的吧？例如掌握阅读的趋势，或者是写畅销书的方法。"

我告诉这位迷茫的青年，如果有一个人开了一家餐馆，要使餐厅成功有很多变量，但是首先，最基本的东西一定要做好，例如选择新鲜的东西做素材，吃了不会中毒，而且有益健康。其次，确定餐厅的口味，例如卖川菜与广东菜、台湾菜就是很不相同的，最好的餐厅当然是独沽一味，别具特色，如果做得和别家相似，就要在口味上胜过别人。最后要懂得配菜，时时创新，要有第一流的大师傅。

"只要你的餐馆真的是第一流的，吃客们自然蜂拥而至；反过来说，如果菜烧得不好，就是到街上拉客，也不会有人上门的。"我说。

年轻人听了一头雾水，就告辞了。

确实，对作家和出版社来说，读者是不可测度的，就像对餐厅来说，吃客是不可预知的一样。读者与吃客都是一般的消费者，消费者如果可以被预知，这个世界上就没有失败的商人了。

读者既是消费者的一环，其消费行为虽无法准确测度，但趋势还是可以评析的，我想这个时代的消费者大概不脱离几个特性：

一是相信品牌。有品牌的作家比新作家容易被接受，有品牌的出版社比新出版社接受度高，当然最好是有品牌的作家加有品牌的出版社。

二是相信口碑。畅销书排行榜是现代的口碑，广告、书评、书价也略有影响，但影响不大。

三是相信实用。实用的书比文学类、思想类的书有前景，即使是文学类、思想类甚至宗教的书也需求其实用性，因为大家的时间太少了。

四是返璞归真。社会愈多元化，环境愈复杂，读者愈希望读自然健康的书，在可预见的将来，色情、暴力、鬼怪的书会失去市场，因为到处都看得到，不必在书里读这些。

五是忠于原味。读者将会更重视书籍传达的讯息，重视内容超过重视形式。例如在书上登作者的裸照、影歌星写的书、强调作家的美艳或英俊而没有内容的书，必然会被淘汰。

至于一般人所说的"轻、薄、短、小"，我觉得这不是一种趋势。从近年来出版的无以数计的轻薄短小的书，大部分都卖不出去，可见读者喜欢好看的书，而不在乎是轻薄还是厚重、是长大还是短小。金庸和高阳的小说，每一部动辄数十万字，全是厚重长大的作品，不都是历久不衰吗？锦绣、远流出版社动辄出版数十册的套书，不也很畅销吗？

站在作家的立场，本来我是不应该分析市场的，但是我们可以这样说，一本书畅销的原因有很多，而一本书如果没有人看，原因则是很相像的。

不能销售的书，撇开发行、广告的因素不谈，大概都具有如下的特色：过于深奥难解或过于浅薄无知；形式胜过内容；在同性质的书中品质较差；文字不通或思想不通；老生常谈、了无新意；欠缺时代感；过于个人化，与读者没有共通的经验。

当然，我们不能说卖不出去的都是烂书，但是其中有很多的烂书则是事实。

依据我多年的经验，读者虽不可被测度，却十分敏感，假如一个作家写书时没有尊重与诚恳的态度，一个出版社没有尽力求好的精神，读者很快就会觉知，并弃之如敝屣。

现代的人，吃饭讲究口味的已逐渐被讲究健康的取代。读书也是一样，在书中找刺激、乐趣的人仍然有，但是想要在书中获益，过自然、健康、没有负担的阅读生活，也将成为社会的趋势。

因此，更有思想、更为有用的读物，以及更有社会责任、更重视人本精神的出版家，应该会成为出版业的主流。

我 心 光 明

不用名牌的幸福

　　到北京一家新开的商场，带我前往的朋友说："几乎你想得到的世界名牌，这里都有。"

　　我一向对精品名牌不感兴趣，更甭说是仿冒的名牌了，但为了感谢朋友，也就认真地逛起了那非常巨大的商场。

　　商场是摊位制的，并没有统一的规划。令人吃惊的是，每一家摊商卖的东西都大同小异，清一色全是名牌。正如这些年来在上海、广州、深圳、大连、天津、重庆……逛过的商场，可以说整个中国都被这种仿冒的名牌淹没了。

　　北京的朋友苦笑着说："名牌真的一点也不稀奇。在北京和上海打扫大楼的老太太，每一个人背的都是'路易·威登'（LV）呢！"

在被名牌淹没的商场里，实在没什么好逛的，我灵机一动，每到一个摊位前就问店员："你这里有没有不是牌子的包包或衣服？"

店员一听都当场怔住，想了半天："没有牌子的？没有哇！我们的每一件都有牌子！"

有的店员说："有牌子才有价值呀！现在没有人认品质，都是认牌子！"

有的店员说："来我们这里的，就是来找牌子呀！"

确实令我感到意外，偌大的一座商场，数百家店里，竟然没有一家不卖名牌的店。

好不容易找到两个摊子，翻箱倒柜地找了半天，才找到几个没有"烙狗（logo）"、没有牌子的包包，是手工制作，制作者拿来寄卖的，因为很久卖不出去，就被店家束之高阁了。

我把那些没有名牌、没有商标的皮包，全买了下来，因为它们都是手工精细、品位超卓，连素材皮料都是精挑细选的。最重要的是，它们都非常价廉，价格还不到仿冒名牌的一半。

离开商场的时候，我和商家约定："你们应该多卖一些非名牌、纯手工的东西。你去多找一些，我下回来北京，再来向你买。"

店家笑了："你是第一个不买牌子的人呢。"

是呀，不只是北京，这个世界早就被名牌淹没了。我每年都要穿梭很多个国际机场，所有的机场全是一个样子：名牌蔓延、泛滥成灾，那些名牌已经一致到完全吸引不了我的眼睛一瞥。环目四望，看见的就是这个世界的创造力正在严重地萎缩。

名牌节节高升的价位，更使这个有着诸多处于饥饿边缘的人的世界，变得讽刺。一块在上海卖出的名牌手表，价钱可以供给黄土高原上全村居民一年的粮食；一条在深圳卖出的名牌皮带，是内蒙古草原一头牛的价格；一个在北京卖出的名牌皮包，正好可以供一名来自穷乡僻壤的学生在北京大学从大一读到毕业。

世界完全失衡了，名牌更使这种失衡跌落深渊！

这世界应该有更多人站出来，说："我们不要名牌，没有半件名牌的人也可以很幸福！"

当我们不爱名牌，仿冒的问题自然就解决了。

我那些品位最好的北京朋友，看到我买的包包后，都说："林老师的眼睛好毒，最好看的包都被你挑走了！"

我说："我一点也没挑，只是买了没有马克（tark）的皮包呀！"

背着无牌的包包在台北街上行走，经常有很时尚的男女跑来问我："先生！你的包包在哪里买的？真好看！"

叫我如何说？那是在北京越秀商场地下室唯一两家有非名牌

的小摊子买的！

　　我希望有更多的人可以做自己，每个人确立自我的独特性，走入名牌的丛林，可以"百花丛里过，片叶不沾身"。这个时代，假时尚之名，行文化侵略之实，已经使价值思维、理想、品位……都完全扭曲了！

一

台湾南部的山区里，有一种终年都盛开着花的植物，它的花长得真像一个个绒线球，花色大部分是鹅黄色，也有少数变种的，可以开出白色或粉红色的花来。它有一个非常好听的名字，叫作"银合欢"。

在种满银合欢的山坡上，远远望去，仿佛遍地长满小小的绣球。最美的时候是晴天的黄昏，稍微有一些晚风，阳光轻浅地穿透银合欢质地温柔的花蕊，微风中缓缓地摇曳，竟让人感觉山上的银合欢是至美的花，不像是长在山地野田间的灌木丛。

萎谢的银合欢花，会从花茎中生出长长的夹果，先是柔软的绿色，很快地，成熟为褐黑色，最后爆开，细小的种子随风飘落各处，第二年又长出一丛丛的银合欢。它们的生命力繁盛而惊人，如果坡地上有一丛银合欢，没有多久它们就盘踞了整个山坡。

由于它的生命力那样强盛，在乡人的眼中是卑贱的，从来没有人认为银合欢美丽，它的用处很简单：生火。因为它的枝干中间有细软的棉状组织，很容易点起火来，即使连它干掉的夹果，只要放一把小火，也会熊熊燃烧。

在我们乡下，银合欢一直是烧火最好的材料，而且取用不绝。尤其在贫瘠的土地上，农人通常撒下银合欢的种子，到冬天的时候把遍生的银合欢放火烧掉，它的灰烬很快成为土壤最好的肥料，隔年春天，就可以在那里种花生、番薯等作物，容易生长。

童年的时候，我对银合欢有说不出的好感，这种好感不只来自花的美丽，而且它的羽状叶子能编成非常好看的冠冕，它的枝丫又常常成为我们手中的剑，也是我们在荒野烤番薯最好的木材。

因此我曾仔细观察银合欢的生长，每天跑到我家附近的银合欢丛中，用铅笔在根的最底部画下记号，第二天再跑去看，这样我就能真切地感觉到银合欢迅速地自土中拔起，它甚至比春天最好的稻禾长得还要快。平常时候，银合欢一个月大概可以长一尺高，如果在夏天的雨季，或者是那些长在河岸边的银合欢，它们一个月可以长两尺高。常常一个暑假过去，本来刚发芽的银合欢就长得和我一样高了。

我一直不能理解，为何长在石头地里、完全没有人照看的银合欢，竟能和时间竞赛似的，奇异地长高。

那时我们家有一个林场，父亲在较低的山坡上种了桃花心木，较高的地方则种南洋杉，它们对时间好像都没有感觉，有时一个月也看不到它们长一英寸，桃花心木要十年才能收成，南洋杉则要等十五年。

有一次我问父亲，为什么不在山上都种银合欢呢？它们长得最快。

在林地工作的父亲笑了起来，他说："银合欢长得那么快，可是它不能做家具，甚至不能做木炭。你看这些南洋杉，它长得慢，但是结实，将来是有用的木材。"

"可是，银合欢也可以做柴火，还能做肥料呀！"我说。

"傻孩子，任何木头都能做柴火，也都能做肥料，却不是任何木头都能做家具的。"

虽然银合欢在乡人的眼中是那么无用，连父亲都看不起它，我还是打私心里喜欢它，因为它低矮，不像桃花心木崇高；它亲切，不像南洋杉严肃；何况，它在风里是那么好看。

最近读到一篇报告，知道有科学家发现银合欢生长很快，拿它来做肥料实验。他们在种满银合欢的坡地上空中施肥，记录它的成长，和那些未施肥的银合欢比较，来验证肥料的效果。同样地，也有一部分科学家拿它来做除草剂的实验，利用它生命力的强盛，来观察除草剂的效果。这些实验都证明，银合欢是最适合用来实验的植物，就像卑微的老鼠常常成为动物解剖与试食各种毒物的祭品。

这使我对银合欢又生出一些敬意来，它虽不能是崇高巨大的木材，但说到底，它有许多别的木材所没有的用处，如同乡里间的小人物，他们不能成为领导者，却各自在岗位上发挥了大人物所不能体知的功能。而且，我相信不论我们如何在银合欢的身上实验，在小老鼠的身上解剖，它们都不会灭绝的，因为上苍给了它们特别的生命力。

我想到我在金门时候的一件旧事。在金门古宁头的海边上，就生长了无数的银合欢，在阳光下盛开着花。我从古宁头的望远镜中看大陆沿岸，发现镜中的海岸也盛长着银合欢，也开了花。那幅图像深深地印在我的脑海，隔了几年也不能忘却，每在乡间山里看到银合欢，那幅图像就浮现出来。

因为那时与银合欢隔海对望，有着浓浓的乡愁，那乡愁的生长力和银合欢一样，一月一尺，隔了一个春天，它就长得和人同样高了。我只是不知道，是此岸的种子落到彼岸，还是彼岸的种子被吹送到此岸呢？生长在海峡两岸的银合欢有什么不同呢？

一九八三年八月十七日

第四辑　自在平常

注：尺，1 尺约合 0.3333 米；英寸，1 英寸约合 0.0254 米。

一个茶壶一个杯

二

　　故乡的体育场附近有一个老人聚集的"茶亭"，终日都有老人在那里喝茶开讲。我回乡居住的时候，总爱去那边闲坐，听听老人在生活中的智慧与品味。

　　由于茶亭少有年轻人去，我刚去的时候，老人有些惊疑，后来知道我是后发哥仔的后生，立刻就冰释了，还热情地说："来，这是你老仔生前常坐的地方。"

　　我发现老人有一个非常明显的特质，就是有说不完的话。他们几乎可以终日聊天而话题不断，从政客打架讲到强奸杀人，从春耕播种说到西瓜落价，从杭州的天气真好扯到屏东某村落三十年前下冰雹……有时候对世事的知情与议论，一针见血的观点犹胜许多在电视上胡扯的知识分子。

有一天，一位阿伯仔突然在听到别人说"西瓜好吃，可惜子多"的时候，他说："现在的世事、现代的人情比西瓜的子还要复杂。"

别的老人就问："你是怎样看的？"

"这真简单，"老人自信满满地说，"从前的人一把雨伞可以用很多年，现在的人一年用很多把雨伞。从前的人一双皮鞋可以穿十几年，现在的人一年买很多双皮鞋。从前的人一个春天只做耕种一件事，现在的人一天做很多件事，无闲（忙）得超过以前的一个春天……"

他说得其他老人无不点头表示同意。

他的议论犹未尽。老人的谈话有一特色，就是凡有议论都可以尽情发挥，别人不会随便插嘴。他又说："只要想想，这样的生活怎能不复杂？光是每天出门要穿哪双皮鞋、哪件衣服就要伤半天脑筋了。我孩子订了两份报纸，早上开门，厚厚两本，信箱也塞不进去。你看，一天就发生这么多事情，咱一世的人和事加起来，也没有那两本报纸厚。现在的人光是看报纸，就浪费了多少时间，生命哪会得到清闲呢？"

"复杂也没什么不好，表示现在的生活富裕了啊！"一个老人说。

阿伯仔讲："复杂有什么好？复杂的人就没有单纯的心情，生活便不会踏实和朴实了。一日到晚就像苍蝇找糖膏，飞过来又飞过去，不知道无闲是为了什么……"

讲到这里，一个老人站起来为大家斟茶，阿伯仔突然大有所悟地说："对了，就像一个茶壶一个杯，这就是单纯的心情。我们如果只有一个茶壶一个杯，才不会计较喝的是什么茶。一斤一百元的茶叶，饮起来也真有滋味。假使一个茶壶几个杯子也很好，因为大家喝的都是同样的茶，没什么计较。现代人的生活就是好几个茶壶，倒在几十个茶杯里，这就复杂了。大家总会想，别人的茶壶里不知道是什么茶，想喝一口看看，喝不到就用抢的。喝好茶的人也同样，想喝另外的那壶。久了以后，即使是坐在一起喝茶的人，心里也充满了怨恨和嫉妒，很少人得到平安。"

这一段话说得好极了。老人们都沉默地喝着眼前的这一壶由老人会提供的廉价茶叶，觉得滋味甚是美好。

阿伯仔意犹未尽地说："就像我们现在看黄昏的夕阳。一个夕阳，古代人看起来和现代人看来是一样的。站在平地和站在山顶上看，夕阳也都是同样的美。但是如果心情复杂，站在这山看那山高，夕阳永远没有最美的时刻。"

众人一听，都同时望向夕阳的方向，原来日头已西斜。经老人一说，今天的夕阳看来真是特别的美艳，余晖遍照大地。

"有一天，我的孙子问我：'阿公，你吃这么老了，世上什么东西最好吃？'我说：'饿最好吃。'他又问我：'阿公，什么是最好的心情？'我说：'单纯最好。'他又说：'阿公，幸福是什么？'我说：'平安是福。'"

聊到这里，该是阿公回家吃晚饭的时候了，大家欢喜地站起来各自走路回家，相约明天再来开讲。我踩着夕阳流金一样的草地回家，想到老人说的"饿最好吃"，感到肚子真的有点饿了，妈妈煮的菜的芳香竟飘到体育场两公里外的路上来了。

住在乡下的日子，真的感觉到单纯的心情是最美的心情。在城市生活的日子，我们每天总是在追求一些目标，生命的过程往往就在无意间流失，加上我们的追求愈来愈复杂，使人人就像苍蝇一样飞来飞去。

我想到幼年住在外祖母家里，每次和表兄弟相约吃完饭出去玩，我们总是无心吃饭，胡乱扒一扒就要溜出去，外祖母就会拿拐杖敲我们的头，说："你呷那么紧（你吃那么快），要去赴死吗？"然后她说："你不慢慢吃，怎么知道我们台湾的米多么好吃？"

有一次我看到报纸上广告一种名牌跑车，广告词说："加速到一百公里，只要九秒钟。"就思及外祖母的话，"你呷那么紧，要去赴死吗？"台湾俗语里说"呷紧弄破碗"，确实含有人生的至理。

一个复杂的社会勾起了人更复杂的欲望，复杂的欲望则是搅乱了单纯的心，使我们不知道能坐下来谈天说地是生命的一种至美，使我们不知道踩着夕阳在小路上回家是生活中必要的历程，使我们忽略掉吃妈妈煮的稀饭配酱瓜是比大饭店的山珍海味更值得珍惜的。

我想到有一回看一位老人从脚上拔一根脚毛放在桌上，义正词严地说："我们不能轻视自己的一根脚毛。"

众人愕愕。

他说："这根脚毛存在的条件，说来是很深奥的，先要有脚、有头、有活着的身体。然后要从小吃饭、穿衣服、父母照顾，才能长出一根脚毛。然后，脚毛存在是因为我们存在。我们则有父母、无数的祖先。而且，祖先要个个穿衣、吃饭。米饭长大则要有地球的生机，太阳的培育与月亮的生息。你看，这小小的一根脚毛不是单独存在的呀！

"我们如果不能珍惜、赞叹、疼爱自己的一根脚毛，那就有负于天下了。"

看看，在有智慧的老人眼中，一根脚毛就有了无限的天地，生命的历程就更不用说了。现代人不能维护单纯的心，往往是误以为复杂地飞来飞去能追求更好的生活。殊不知，再复杂的事物也比不过一根脚毛啊！一切多变的云霞与彩虹，拨开了，背景就是湛蓝的天空。不知道单纯之好的人，就是从未看见天空的人。

好好地饮眼前的这杯茶吧！细细地品味当下的这碗饭吧！生命没有第二个此刻了。让我们承担这个此刻，进入这个此刻。因为，饿最好吃，单纯最好，平安是福。

我
心
光
明

只手之声

一

　　如果要我选一种最喜欢的花的名字，我会投票给一种极平凡的花：含笑。

　　说含笑花平凡是一点也不错，在乡下，每一家院子里它都是不可少的花，与玉兰、桂花、七里香、九重葛、牵牛花一样，几乎是随处可见，它的花形也不稀奇，拇指大小的椭圆形花隐藏在枝叶间，粗心的人可能视而不见。

　　比较杰出的是它的香气，含笑之香非常浓盛，并且清明悠远，邻居家如果有一棵含笑开花，香气能飘越几里之远。它不像桂花香那样含蓄，也不如夜来香那样跋扈，有点接近玉兰花之香，潇洒中还保有风度，维持着一丝自许的傲慢。含笑虽然十分平民化，香味却是带着贵气。

含笑最动人的还不是香气，而是名字，一般的花名只是一个代号，比较好的则有一点形容，像七里香、夜来香、百合、夜昙都算是好的。但很少有花的名字像含笑，是有动作的，所谓含笑，是似笑非笑，是想笑未笑，是含羞带笑，是嘴角才牵动的无声的笑。

记得小时候有一次看见含笑开了，我从院子跑进屋里，见到人就说："含笑开了，含笑开了！"说着说着，感觉那名字真好，让自己的嘴也禁不住带着笑，又仿佛含笑花真是因为笑而开出米白色没有一丝杂质的花来。

第一位把这种毫不起眼的小白花取名为"含笑"的人，是值得钦佩的，可想而知，他一定是在花里看见了笑意，或者自己心里饱含喜悦，否则不可能取名为含笑。

含笑花不仅有象征意义，也能贴切说出花的特质，含笑花和别的花不同，它是含苞时最香，花瓣一张开，香气就散走了。而且含笑的花期很长，一旦开花，从春天到秋天都不时在开，让人感觉到它一整年都非常喜悦，可惜含笑的颜色没有别的花多彩，只能算含蓄地在笑着罢了。

知道了含笑种种，我们知道含笑花固然平常，却有它不凡的气质和特性。

但我也知道，"含笑"虽是至美的名字，这种小白花如果不以含笑为名，它的气质也不会改变，它哪里在乎我们怎么叫它呢？它只是自在自然地生长，并开花，让它的香远扬而已。

在这个世界上，许多事物都与含笑花一样，有各自的面目，外在的感受并不会影响它们，它们也从来不为自己辩解或说明，因为它们的生命本身就是最好的说明，不需要任何语言。反过来说，当我们面对没有语言，沉默的世界时，我们能感受到什么呢？

在日本极有影响力的白隐禅师，他曾设计过一则公案，就是"只手之声"，让学禅的人参一只手有什么声音。后来，"只手之声"成为日本禅法重要的公案，他们最爱参的问题是："两掌相拍有声，如何是只手之声？"或者参："只手无声，且听这无声的妙音。"

我们翻看日本禅者参"只手之声"的公案，有一些真能得到启发，例如：

老师问："你已闻只手之声，将做何事？"

学生答："除杂草；擦地板；师若倦了，为师按摩。"

老师问："只手的精神如何存在？"

学生答："上拄三十三天之顶，下抵金轮那落之底，充满一切。"

老师问："只手之声已闻，如何是只手之用？"

学生答："火炉里烧火，铁锅里烧水，砚台里磨墨，香炉里插香。"

老师问："如何是十五日以前的只手，十五日以后的只手，正当十五日的只手？"

学生伸出右手说："此是十五日以前的只手。"伸出左手说："此是十五日以后的只手。"两手合起来说："此是正当十五日的只手。"

老师问："你既闻只手之声，且让我亦闻。"

学生一言不发，伸手打老师一巴掌。

一只手能听到什么声音呢？在一般人可能是大的迷惑，但禅师不仅听见只手之声，在最广大的眼界里从一只手竟能看见华严境界的四法界（理法界、事法界、理事无碍法界、事事无碍法界），有禅师伸出一只手说："见手是手，是事法界。见手不是手，是理法界。见手不是手，而见手又是手，是理事无碍法界。一只手忽而成了天地，成了山川草木森罗万象，而森罗万象不出这只手，是事事无碍法界。"

可见一只手真是有声音的！日本禅的概念传自中国，中国禅师早就说过这种观念。例如云岩禅师问道吾禅师说："大悲菩萨千手眼，那个是正眼？"道吾说："如人夜间背手摸枕子相似。"云岩说："我会也！"道吾："作么生会？"云岩说："遍身是手眼！"道吾："道也太煞道，只道得八成。"云岩说："师兄作么生？"道吾说："通身是手眼！"

通身是手眼，这才是禅的真义，那须仅止于只手之声？

从前，长沙景岑禅师对弟子开示说："尽十方世界是沙门眼，尽十方世界是沙门全身，尽十方世界是自己光明，尽十方世界在自己光明里，尽十方世界无一人不是自己。"这岂止是一只手的声音！十方世界根本就与自我没有分别。

一只手的存在是自然，一朵含笑花的开放也是自然，我们所眼见或不可见的世界，不都是自然地存在着吗？

即使世界完全静默，有缘人也能听见静默的声音，这就是"只手之声"，还有只手的色、香、味、触、法。在沉默的独处里，我们听见了什么？在噪闹的转动里，我们没听见的又是什么呢？

有的人在满山蝉声的树林中坐着也听不见蝉声；有的人在哄闹的市集里走着却听见了蝉声。对于后者，他能在含笑花中看见饱满的喜悦，听见自己的只手之声；对于前者，即使全世界向他鼓掌，也是惘然，何况只是一朵花的含笑呢！

第五辑

一饭一禅修

生命，真的不能缺乏游戏；生活，则不能失去创造力。

创造力是无所不在的，而且愈用愈出，愈用愈清明，就仿如山林中的泉水一样，凡是真实饮用过创造之泉的人，人世的苦难就好像山中溪泉边的乱石，再多的乱石也不能阻挡泉水的奔流与清澈了。

翡翠莲雾

一

　　外祖母家最后的一棵莲雾树，因为院子前面拓宽道路，被工程队砍除了，听说要砍的时候，树上还结满了莲雾。看到哥哥的来信，虽然我没有亲眼见那棵莲雾树倒下，脑中却浮起一幅图像——莲雾树应声而倒，满地青色的莲雾在阳光下乱滚。

　　从我有记忆开始，外祖母家前就是一个大的果园，种满荔枝、柿子、龙眼、枣子、莲雾等水果。因此暑假的时候，我们最爱住在外祖母家，每天都在果园中追逐嬉戏，爬到树上去摘水果。外祖母逝世很多年了，每次想起她来，自己就仿佛置身在那个果园中，又回到外祖母的怀抱。

　　记忆中的果园所生产的水果和现在的水果比较起来是完全不同的，因为都是"土种"，大部分长得细小而有酸味。柿子比不上现在的肥软多汁，荔枝修长带些酸味，龙眼是小而肉薄，枣子长得还没有现在一半大，一点也比不上现在市场上经过改良的品种。

　　只有十几株莲雾树是我印象最深的。树上结出的莲雾全是翠绿颜色，果实瘦瘦的，形状有一点像翡翠雕成的铃铛。但那种绿色是淡的，迎着阳光，给人透明的感觉。这种土生土长的莲雾，汁水虽少，嚼起来却坚实香脆，别有风味。

　　那十几株绿色莲雾树长得格外粗壮高大，柿子、荔枝都比不上它，它大到小孩子可以躺在枝丫的权上睡午觉。一串串累累的果实藏在树叶中，有时因颜色相同而难以发现。

　　不知道绿色的莲雾何时在市场上消失，现在的莲雾都是淡红色的品种，肥胖多汁，但不管用什么方法吃它，总觉得好像是水做成的，少了莲雾应该有的气味，尤其是雨季生长的红莲雾，几乎是淡而无味的。每次看到红莲雾，我都想起一串串的绿色铃铛，还有在莲雾树上午睡的一段记忆。

　　由于舅舅们并不是赖那个果园维持生计，多年来，一直让它任意生长，收成的时候总会送一些给我们家，有时表兄弟上台北，也会带一袋来给我。因此尽管时空流转，我和果园好像还维持着一种情感的牵系，那种感情是难以表白的，它无可置疑地见证我们一些成长的痕迹。

有一年，因为乡道的开辟，莲雾树几乎被砍光了，只留下最靠屋子的一株。外祖母的果园原本是没有路的，后来为采收方便，在两排莲雾树间开了一条脚踏车可以走的路。不久之后，摩托车来了，路又开宽一些，最后汽车来了，两排莲雾首先遭殃，现在单向的汽车道也不足了，最后一株莲雾因而不保。

听说要砍那株莲雾树，方圆几里的人都跑去参观，因为它是附近仅存的长绿色果实的莲雾，它的树龄有五十几年，也是附近最老的果树了。砍倒一棵莲雾树在道路拓宽时是微不足道的，对我而言，却如同砍除了心中的一片果园。我知道，再也不能吃到那棵树上结成的莲雾了。

我的表兄弟，近年来因为纷纷离乡而星散了，家园已不复昔日规模，家前的果园自然日益缩小，现在剩下的，只是几株零散的荔枝和柿子了。

最后一株莲雾树的砍除不只是情伤，也让我想起品种改良的一些问题。现在市场上的所有水果无不是经过品种的改良，我幼年的时候是如何也不能想象现在竟有那么大的荔枝、龙眼、枣子的，然而这些新的品种，有时候味道真是不如从前，翡翠莲雾是最好的例子。

　　有一回我在市场上买到几条土生的小萝卜，高兴得不得了，因为那些打过荷尔蒙、施过大量农药与肥料，收成时还经过漂白的大萝卜，只是好看罢了，哪里有小萝卜结实呢！可惜我们生活的是一个快速膨胀的时代，连水果青菜都不能避免膨胀，结果是品种不断改良，田园风味逐渐丧失，有许多最适合台湾气候和环境的品种也因而灭绝，这是值得担忧的现象。

　　外祖母手植的莲雾树不在了，我只好把它种在心中，在这个转变的时代，任何事物只有放在心中最保险。我把它种在心灵果园的一角，这样我可以随时采摘，并且时刻记得，在这片土地上，曾生长过绿如翡翠的莲雾，是别的品种不能取代的。

　　　　　　　　　　　　　　　　　　　一九八三年七月二十日

莲子面包与油焖香菇

一

住家附近的一家面包店，自行研制一种莲子面包，把莲子磨成泥状调在吐司面包里，每天下午四点出炉的时候都是大排长龙，大家都等着吃那新鲜的温热的莲子面包。

有一天下午我经过面包店，看到那么多人在毫不起眼的小店前排队买面包，感到十分意外，询问排队的人："是排队等着买什么呢？"

"买快要出炉的莲子面包呀！"一位中年妇人告诉我，然后她还形容了莲子面包的美味，说新鲜莲子的滋味是多么清香，"又缠又绵"，她每天四点的时候都会来这里买。

莲子面包虽然没有广告，显然是极有口碑的。对于一向不信任广告而信任口碑的我，产生了很大的吸引力。我于是加入到人龙里，耐心地等候莲子面包出炉。

一下子，戴着白帽的面包店老板兼师傅把铁盘子端出来了。果然，屋里就飘出浓浓的莲子香味——在我的印象中，莲子是没有香味的，不知道为什么和了面包，就让我感觉那不只是面包的香味。我买了半条莲子面包，边散步边迫不及待地把面包拿出来吃，细细地品味面包中莲子的滋味。莲子面包确有非凡之处，细滑而含着水分的莲子使我想起从前在嘉义看人收成莲子的情景，白净、浑圆的莲子，有一种倾向于圆满的感觉。

我想到可颂坊的榛子面包，圣玛丽的核桃面包，以及台安医院餐厅里加了麦芽的全麦面包，好吃的可能不只是面包本身，而是面包师傅创造的心情，以及随着那心情衍生出来的感觉，这使我们品味到某一些生活的芬芳。在寂寥的午后，知道某一家小面包店有一位师傅冒汗来完成、实践一种创造的心，这给我们带来了温柔的安慰。

生命，真的不能缺乏游戏；生活，则不能失去创造力。创造力随时都在，而且每个人都具有，只要在形式的、固定的、保守的那一个层面，念头一转，做一点提升与超越，创造力就可能得到实践了。面包师傅在做莲子面包时，正是一种提升和超越呀！

在家附近还有一家素食的自助餐厅，老板娘也是个有创造力的人。她的菜色时常更换，有一次竟然做出了一道极美味的清炒凤梨。里面什么都没加，只是用油把凤梨炒到柔软适口，使酸甜的凤梨有了新生一样。

我问她为什么会想到清炒凤梨的。

她的回答令我大出意料。她说因为台风的缘故，青菜的价钱暴涨，一斤菠菜要八十元，一个高丽菜要一百多元，拿来做自助餐实在成本太高了。突然看到小贩叫卖凤梨，一个大凤梨才十五元，想到："做个炒凤梨应该也不错吧！"当天中午她就做了一道清炒凤梨，没想到反应出奇地好。隔几天，她看人卖苹果，十个一百元，那时萝卜一条四十几元，于是她做出了一道"清炒凤梨苹果"，滋味比清炒凤梨更好。

她还有一道绝活，就是做油焖香菇。那是在市场上看见小贩卖香菇，那些又小又丑的香菇虽然价钱便宜，还是卖不出去，她灵机一动，就买了一袋回来，泡软、洗净，用油、酱油、小火焖，一直到将干未干之时起锅。那些小香菇的美味，我是无法形容的，在人间里，也只有慧心才能创造出这样的滋味。

可见，有创造力的心灵，不管扮演什么角色，处在什么环境，都可以无遗地展现出来。可惜，由于房屋的租约到期，老板娘已经不做自助餐。我每次路过那个房子，就会想起她那超绝的手艺和心灵，觉得她不做自助餐，实在是人间的损失。

创造力是无所不在的，而且愈用愈出，愈用愈清明，就仿如山林中的泉水一样，凡是真实饮用过创造之泉的人，人世的苦难就好像山中溪泉边的乱石，再多的乱石也不能阻挡泉水的奔流与清澈了。

崂山山茶

在青岛，朋友问我："台湾有青岛啤酒吗？"

"有，很多年前就有了。"

"味道好吗？"

这使我难以回答，因为我很少喝啤酒，也难以辨析其中的差异。青岛啤酒大名鼎鼎，喝是喝过，并没有特别的印象。

青岛的朋友看我哑口，解围似的安慰我："青岛啤酒是不错，但我们青岛人真正爱喝的不是青岛啤酒，而是崂山的啤酒！"

青岛人不爱青岛啤酒，那就像我在温州城里找不到"温州大馄饨",在扬州的老街找不到"扬州炒饭",这使我大为惊奇。

朋友对我解释原委,青岛啤酒之所以好喝,是因为青岛的水质很好,而青岛的水质又以崂山泉最好。崂山泉水数千年来以水清甘冽著名于世,至今泉水不竭。青岛啤酒厂知道好水难得,于是以崂山泉水为底,另创一个小牌"崂山啤酒",因为数量有限,只在青岛供应。喝了崂山啤酒之后,才知道什么是最好的啤酒。

在青岛城里遍寻不着崂山啤酒,我就追上了崂山。

舟车劳顿中,突然想起了蒲松龄,还有他写的《聊斋志异》。《聊斋》里有一篇《劳山道士》(崂山古称劳山),把崂山上的道士写得出神入化,更令人无比地向往。

果然,崂山上的那口泉水,至今还在汩汩地流着。而崂山的啤酒醇淡香甘,有一种超凡的仙气,使不擅品酒的我,都觉得应该敛容肃穆,才能配得上这稀有的啤酒。

有好水才有好酒,但有好水也有好茶,"好茶必出于好水之乡",我想到陆羽的说法,便问人:"崂山是否有茶?"

崂山有茶室,出售自产的崂山茶以及崂山人爱喝的竹叶茶。不论清茶或竹叶,都是品味超卓,但是和崂山的啤酒一样,因为量少珍稀,不为世人所知。正如在崂山落榜隐居的蒲松龄,就像倚天剑与屠龙刀,谁知他会成为一代巨匠呢?若是崂山的茶酒双出,谁与争锋呢?

　　喝过了崂山茶，在庭院中漫步，看到许多从汉唐留到现在的大树，无不伸掌探天，令人仰止。但最令我震撼的是院子里一棵开了万朵红花的宋代山茶，树高四层楼，开花数百年，一样的鲜红，一样的苍绿。

　　红花，随着风，不停地飘落。

　　在这混乱的时代，很多事物不断飘落，化春泥，却也有很多事物在岁月风尘中，将美好和精华沉淀下来，在春泥中，还保有不朽的颜色。

我
心
光
明

吃清净食

一

有人问我："吃素是为了什么？如果是怕杀生，一棵青菜从萌芽到长大，恐怕要杀掉不少虫；如果是为了慈悲，为什么素菜馆子里，菜名叫作红烧鱼或当归羊肉汤呢？"

吃素确是为了长养慈悲心，为了不吃众生的肉，但更重要的是为这个"素"字，素是清净、简单、朴质的意思，"吃素"就是吃清静、简单、朴质的食物，这是求自身清净者的本分，其实没有功德可言。

因此，吃素者若心不清净，则他的素就是白吃。

又一般所说的"吃斋"，斋字在梵名是布萨，是清净之意。

但佛教说的"持斋""斋食",指的不是吃的食物,而是吃的时间,"过午时不食"叫"持斋",故以"吃斋"来指素食者,是错误的用法。

吃素者若有功德,不在他的食物,而在他清净心与慈悲心之开启。

心清净的人自然会想吃素。

素食久了身心自然会清净。

这两者感应道交,是不能分别的。

二

朋友来接我到基隆演讲，由于演讲时间定在下午一点，我们都来不及吃饭。

"我们到极乐寺吃饭吧。寺庙的饭菜最好吃、最卫生，师父也最亲切。"朋友说。

我说："这样不好意思吧。"

朋友说："不会，不会，我在极乐寺做义工很多年了，与师父们很熟。只要寺里的师父有事叫我，我都义不容辞，偶尔去叨扰一顿斋饭，不要紧的。何况帮我们开车的师兄也是寺里的长期义工呢。"

于是，朋友用电话通知寺里的知客师："我们一共有三人，大约二十分钟后到极乐寺，请师父准备素斋一席。"

等我们到了极乐寺，热腾腾的七道素菜已经准备好了。我们没什么客套，坐下就吃。

佛光山派下寺院的素菜好吃是远近驰名的，因为星云大师对素菜很内行，典座师父也是个个巧手慧心。但是今天有一道菜还是令我大感意外，就是师父炒了一大盘茴香。

茴香是我在南部家乡常吃的菜，在我们乡下称之为"客家人的芫荽"，因为客家人喜以茴香做菜。自从到台北，我就再也没吃过茴香了，如今见到茴香的样子，闻到茴香的气味，竟有说不出的感动。

一般人都知道茴香的子可以做香料、做卤味，却很少人知道茴香的叶子做菜，是人间至极的美味。茴香是多年生草本植物，可以长到与人等高。它的叶片巨大，散开呈丝状，就仿佛是空中爆开的烟火。

茴香从根、茎、叶、花到子都有浓烈的香气，食用的时候采其嫩叶，或炒，或做汤，或沾面粉油炸成饼，吃过都会令人永不能忘。

在寺庙吃饭，不事交谈，因此我独自细细品味茴香的滋味，好像回到了童年。每当母亲炒茴香的时候，茴香的香气就会从灶间飘过厅堂、飞过庭院、飞进我们写字的北边厢房。

童年的时光不再，茴香的气息也逐渐淡了，万万想不到在极乐寺偶然的午斋，还能吃到淡忘的童年之味。我曾经走入盛开着小黄花的茴香田里，对着那漫天飞舞的黄花绿叶，深深地呼吸，妄图把茴香的香气储存在胸臆。此刻，那储藏的香气整片被唤醒了。

生活不也是如此吗？我们所经验过的美好事物，其实都是永不失去的，只是被卷存典藏着，一旦打开了，就会在记忆中回香，从遥远不可知的角落飘回来。

我们生命里，早就种了许多"回香树"，等待因缘的摘取吧。

我们没什么客套，吃完对师父合十致谢，就走了。

知客师父送我们到前廊，合掌道别说："以后有什么需要，尽管到寺里来。"

在奔赴演讲场地的路上，我的心里有被熨平的感觉，不只是寺里的茴香菜产生的作用，那样清澈的人与人之间的情谊更使我动容。

其实，处处都有"回香树"。

我们常去吃饭的天阳素食餐厅，有一道菜，名字是"佛手玉润"。

佛手玉润是佛手瓜炒素火腿，由于佛手瓜是透明的，炒出来真的像玉一样，吃起来有佛手瓜特有的香气，不论是视觉、嗅觉、味觉都有神清气爽之感。

我自幼就喜欢佛手瓜，喜欢看它那肥肥圆圆的样子，也喜欢闻佛手瓜，它的香气使人有出尘之思，当然，也喜欢吃。但是我们从前吃佛手瓜很少炒的，多是切丝煮清汤，或者是把它晒干了，切成一片一片的煮茶喝。夏天的时候喝佛手茶最好，清凉，微带苦味，加一点冰糖，在那个没有冰箱的时代，能喝到佛手茶，觉得炎炎夏日也有着清凉的依附了。

后来学了佛，更喜欢佛手，每次看见都会买一些回家，样子很美的就留下来观赏，看它自然地风干，愈干的佛手香气愈甚，到后来，坚硬如木，可以久藏，放久的佛手也不会失去它的香气。偶尔切几片来泡茶，冬天的时候热饮，夏日时冰镇，每次喝的时候神思飘逸，仿佛可以体会佛一手指天，一手指地说"天上天下，唯我独尊"那种非凡的气概。也仿佛看见了佛以金色臂指着大地说："心静，则国土净。"又好像看见佛在菩提树下，伸手指着大地："我所走过的路，大地都留下证据。"呀！那样的心情，没有喝过佛手茶的人怎么能品味呢？

那些样子不怎么美的佛手，就切成细丁，与姜丝一起熬汤，滋味也甚为鲜美。

在乡下，佛手是极为平凡的食物，市场里论斤出售；在城市，佛手奇货可居，水果店里一粒卖到一百多，而且还不是经常可以买到。几天前，在永春市场看到有老人卖佛手，一口气全买了，有朋友来访就赠送一粒，感觉到佛手真是无比珍贵的礼物。

自从学佛以后，加上感情因素，对于任何与佛有关的事物，都有说不出的亲切。就说现在正盛产的释迦好了，每天买几个熟透的释迦来吃，真是人间无比的享受。有一次，到台东去演讲，有一位住在太麻里的读者，坐了很久的车，只为了送给我一箱自己种的释迦，她说："我知道你一定会喜欢吃释迦的。"令我深受感动，那箱上好的释迦回台北一星期才吃完，每回吃的时候，就有很深的感恩的心，感恩这土地生长如此美味的水果，感恩这世界还有着纯良的人情。

有一天夜里，一位朋友来看我，送给我一包菩提叶茶，那茶是以菩提叶、菩提花、菩提子干燥而成，泡起来的色泽也像玉一样，滋味与色泽一样地清纯温润，不知道是谁，竟可以想到用菩提叶来做茶？

朋友告诉我，那菩提叶茶是法国进口的，制造的动机不明，可能是由于健康的因素，因为在包装上有说明，说菩提叶茶可以清肺、润喉、润胃，还可以安眠哩！

我开玩笑地对朋友说："法国人是很浪漫的，说不定是有一位法国人听到佛在菩提树下成道，大受感动，想到是佛成道的树，叶子泡茶一定很好喝的吧！再加上花果，就更好了。"

当然，这只是一种玄想，不过能想到把菩提叶拿来制茶，就是很纯美的动机了。在台湾也有许多菩提树，春天的时候换装，会长出鲜黄嫩绿的小叶子，说不定我们可以试试来做茶，以台湾制茶技术的高超，必然会比法国人做出更好的茶吧！

讲到喝茶，我也喜欢喝铁观音，这名字极适合沉思，最慈悲柔软的观音入茶的时刻竟成为"铁打"的，那是由于观音有极坚强的悲愿吧！喝铁观音时，我常想，但愿喝到这茶的人都能体会到观音菩萨的心。

我还喝过一种福建的茶，名曰"佛手乌龙"，但它不是用佛手瓜做的，用的是乌龙。为什么又叫"佛手乌龙"呢？原来是采茶时有特别的技术，使每一片茶叶头部平直，尾端则曲卷成团，看来就像一只佛手。泡过的茶叶还可以维持原来的形状，真的很像佛手，由于取了佛手乌龙的名字，喝的时候就感觉更值得品味了。

佛的心真是温润如玉的吧！即使佛的心是甚深极甚深，但在我们生活的四周，不也有许多事物给我们亲切极亲切的体会吗？

在人世许多小小的欢喜之中，我总是怀着无比感恩的心。

第六辑

生平一瓣香

平凡人总有平凡人的悲哀，这种悲哀乃是十缕缠绵，在撕裂的地方、分离的处所，留下了丝丝的犊子。不过，平凡人也有平凡人的欢喜，这种欢喜是能感受到风的声音与雁的影子，在吹过飞离之后，还能记住一些椎心的怀念与无声的誓言。

飞鸽的早晨

我心光明

一

　　哥哥在山上做了一个捕鸟的网，带他去看有没有鸟入网。

　　他们沿着散满鹅卵石的河床走，那时正是月桃花开放的春天，一路上月桃花微微的乳香穿过粗野的山林草气，随着温暖的风在河床上流荡。随后，他们穿过一些人迹罕到的山径，进入生长着野相思林的山间。

　　在路上的时候，哥哥自豪地对他说："我的那面鸟网子，飞行的鸟很难看见，在有雾的时候逆着阳光就完全看不见了。"

　　看到网时，他完全相信了哥哥的话。

　　那面鸟网布在山顶的斜坡，形状很像学校排球场上的网，狭长形的，大约有十米那么长，两旁的网线系在两棵相思树干上，不仔细看，真是看不见那面网。但网上的东西却是很真切地在扭动着，哥哥在坡下就大叫："捉到了！捉到了！"然后很快地奔上山坡，他拼命跑，尾随着哥哥。

跑到网前，他们在一边喘着大气，才看清哥哥今天的收获不少，网住了一只鸽子、三只麻雀，它们的脖颈全被网子牢牢扣死，却还拼命地在挣扎，"这网子是愈扭动扣得愈紧。"哥哥得意地说。哥哥把两只麻雀解下来交给他，他一手握一只麻雀，感觉到麻雀高热的体温，麻雀嘣嘣慌张的心跳，也从他手心传了过来，他忍不住同情地注视刚从网子解下的麻雀，它们正用力地呼吸着，发出像人一样的咻咻之声。

咻咻之声在教堂里流动，他和同学大气也不敢喘，静静地看着老师。

老师正靠在黑板上，用历史课本掩面哭泣。

他们那一堂历史课正讲到南京大屠杀，老师说到日本兵久攻南京城不下，后来进城了，每个兵都执一把明晃晃的武士刀，从东门杀到西门，从街头砍到巷尾，最后发现这样太麻烦了，就把南京的老百姓集合起来挖壕沟，挖好了跪在壕沟边，日本兵一刀一个，刀落头滚，人顺势前倾栽进沟里，最后用新翻的土掩埋起来。

"一九三七年十二月十三日，你们必须记住这一天，日本兵进入南京城，烧杀奸淫，我们中国老百姓，包括妇女和小孩子，被惨杀而死的超过三十万人……"老师说着，他们全身的毛细孔都张开，轻微地颤抖着。

说到这里，老师叹息一声说："在那个时代，能一刀而死的人已经是最幸运了。"

老师合起历史课本，说她有一些亲戚住在南京，抗战胜利后，她到南京去寻找亲戚的下落，十几个亲戚竟已骸骨无存，好像从来没有在这个世界存在过，她在南京城走着，竟因绝望的悲痛而昏死过去……

老师的眼中升起一层雾，雾先凝成水珠滑落，最后竟掩面哭了出来。

老师的泪使他们仿佛也随老师到了那伤心之城。他温柔而又忧伤地注视这位他最敬爱的历史老师，老师挽了一个发髻，露出光洁美丽饱满的额头，她穿了一袭蓝得像天空一样的蓝旗袍，肌肤清澄如玉，在她落泪时是那样凄楚，又是那样美。

老师是他那时候的老师里唯一来自北方的人，说起国语来水波灵动，像小溪流过竹边，他常坐着听老师讲课而忘失了课里的内容，就像听见风铃叮叮摇曳。她是那样秀雅，很难让人联想到那烽火悲歌的时代，但那是真实的呀！最美丽的中国人也从炮火里走过！

　　说不出为什么，他和老师一样心酸，眼泪也落了下来，这时，他才听见同学们都在哭泣的声音。

　　老师哭了一阵，站起来，细步急走地出了教室，他望出窗口，看见老师从校园中两株相思树穿过去，蓝色的背影在相思树中隐没。

　　哥哥带他穿过一片浓密的相思林，拨开几丛野芒花。

　　他才看见隐没在相思林中用铁丝网围成的大笼子，里面关了十几只鸽子，还有斑鸠、麻雀、白头翁、青笛儿，一些吱吱喳喳的小鸟。

　　哥哥讨好地说："这笼子是我自己做的，你看，做得不错吧？"他点点头，哥哥把笼门拉开，将新捕到的鸽子和麻雀丢了进去。他到那时才知道哥哥一放学就往山上跑的原因。

　　哥哥大他两岁，不过在他眼中，读初中一年级的哥哥已像个大人。平常，哥哥是不屑和他出游的，这一次能带他上山，是因为两星期前他们曾打了一架，他立志不与哥哥说话，一直到那天哥哥说愿意带他到山上捕鸟，他才让了步。

　　"为什么不把捕到的鸟带回家呢？"他问。

　　"不行的，"哥哥说，"带回家会挨打，只好养在山上。"

　　哥哥告诉他，把这些鸟养在山上，有时候带同学到山上烧烤小鸟吃，真是人间的美味。在那样物质匮乏的年代，烤小鸟对乡下孩子确实有很大的诱惑。

他也记得，哥哥第一次带两只捕到的鸽子回家烧烤，被父亲毒打的情景，那是因为鸽子的脚上系着两个脚环，父亲看到脚环时大为震怒，以为哥哥是偷来的。父亲一边用藤条抽打哥哥，一边大声吼叫："我做牛做马把你们养大，你却去偷人家的鸽子杀来吃！"

"我做牛做马把你们养大，你却……"这是父亲的口头禅，每次他们犯了错，父亲总是这样生气地说。

做牛做马，对这一点，他记忆中的父亲确实是牛马一样日夜忙碌的，并且他也知道父亲的青少年时代过得比牛马都不如。他的父亲是从一个恐怖的时代存活过来的。父亲的故事，他从年幼就常听父亲提起。

父亲生在日据时代的晚期，十四岁时就以"少年队"的名义被调到左营桃子园做苦工，每天凌晨四点开始工作到天黑，做最粗鄙的工作。十七岁，他被征调到雾社及更深山的"富士社"去开山，许多人掉到山谷死去了，许多人体力不支死去了，还有许多是在精神折磨里无声无息地死去了，和他同去的中队有一百多人，活着回来的只有十一个。

他小学一年级第一次看父亲落泪，是父亲说到那时每天都吃不饱，只好在深夜跑到马槽，去偷队长喂马的饲料，却不幸被逮住了，差一点被活活打死。父亲说："那时候，日本队长的白马所吃的粮，比我们吃的还好，那时我们台湾人真是牛马不如呀！"说着，眼就红了。

二十岁，父亲被调去"海军陆战队"，转战太平洋，后来深入中国大陆，那时日本资源不足，据父亲说最后的两年过得是鬼也不如，怪不得日本鬼子后来会恶性大发。父亲在求生不能求死不得的战火中过了五年，最后日本投降，他也随日本军队投降了。

父亲被以"日籍台湾兵"的身份遣送回台湾，与父亲同期被征调的台湾本土兵有二百多人，活着回到家乡的只有七个。

"那样深的仇恨，都能不计较，真是了不起的事呀！"父亲感慨地对他们说。

那样深的仇恨，怎样去原谅呢？

这是他幼年时代最好奇的一段，后来他美丽的历史老师，在课堂上用一种庄严明彻的声音，一字一字朗诵了那一段历史：

"我中国同胞们须知'不念旧恶'及'与人为善'为我民族传统至高至贵的德性。我们一贯声言，我们只认日本黩武的军阀为敌，不以日本的人民为敌。今天敌军已被我们盟邦共同打倒了，我们当然要严密责成他忠实执行所有的投降条款。但是，我们并不要报复，更不可对敌国无辜人民加以污辱。我们只有对他们为他的纳粹军阀所愚弄所驱迫而表示怜悯，使他们不能自拔于错误与罪恶。要知道，如果以暴行答复敌人以前的暴行，以污辱来答复他们从前的错误，则冤冤相报，永无终止，绝不是我们仁义之师的目的。"

听完那一段，他虽不能真切明白其中的含意，却能感觉到字里行间那种宽广博大的悲悯，尤其是最后"仁义之师"四个字使他的心头大为震动。在这种震动里面，课室间流动的就是那悲悯的空气，庄严而不带有一丝杂质。

老师朗读完后，轻轻地说："那时候，全国都弥漫着仇恨与报复的情绪，虽然说被艰苦得来的胜利所掩盖，但如果没有蒋介石在重庆的这段宣言表明政府的态度，留在中国的日本人就不可收拾了。"

老师还说，战争是非常不幸的，只有亲历战争悲惨的人，才知道胜利与失败同样地不幸。我们中国人被压迫、被惨杀、被蹂躏，但如果没有记取这些，而用来报复给别人，那最后的胜利就更不幸了。

记得在上那抗战的最后一课，老师已洗清了她刚开始讲抗战的忧伤，而变得那么明净，仿佛是卢沟桥新雕的狮子，周身浴在一层透明的光中。那是多么优美的画面，他看见老师当时的表情，就如同供在家里佛案上的白瓷观音。

他和哥哥打架时，深切知道宽容仇恨是很困难的，何况是千万人被屠杀？可是在那些被仇恨者中，有他最敬爱的父亲，他就觉得那对侵略者的宽容是多么伟大而值得感恩。

老师后来给他们说了一个故事，是他永远不能忘记的：

有一只幼小的鸽子，被饥饿的老鹰追逐，飞入林中，这时一位高僧正在林中静坐。鸽子飞入高僧的怀中，向他求救。高僧抱着鸽子，对老鹰说：

"请你不要吃这只小鸽子吧！"

"我不吃这只鸽子就会饿死了，你慈悲这鸽子的生命，为什么不能爱惜我的生命呢？"老鹰说。

"这样好了，看这鸽子有多重，我用身上的肉给你吃，来换取它的生命，好吗？"

老鹰答应了高僧的建议。

高僧将鸽子放在天平的一端，然后从自己身上割取同等大的肉放在另一端，但是天平并没有平衡。说也奇怪，不论高僧割下多少肉，都没有一只幼小的鸽子重，直到他把股肉臂肉全割尽，小鸽站立的天平竟没有移动分毫。

最后，高僧只好竭尽仅存的一口气将整个自己投在天平的一端，天平才算平衡了。

老师给这个故事做了这样的结论："生命是不可取代的，不管生命用什么面目呈现，都有不可取代的价值。老鹰与鸽子的生命不可取代，侵略者与被侵略者也是一样的，为了救鸽子而杀老鹰是不公平的，但天下有什么绝对公平的事呢？"

说完后，老师抬头看着远方的天空，蓝天和老师的蓝旗袍一样澄明无染，他的心灵仿佛也受到清洗，感受到慈悲有壮大的力量，可以包容这个世界，人虽然渺小，但只要有慈悲的胸怀，也能够像蓝天与虚空一般庄严澄澈，照亮世界。

上完课，老师踩着阳光的温暖走入相思树间，惊起了在枝丫中的麻雀。

黄昏时分，他忧心地坐在窗口，看急着归巢的麻雀零落地飞过。

他的忧心是因为哥哥第二天要和同学到山上去办烧鸟大会，特别邀请了他。他突然想念起那一群被关在山上铁笼里的鸟雀，想起故事里飞入高僧怀中的那只小鸽子，想起有一次他和同学正在教室里狙杀飞舞的苍蝇，老师看见了说："别打呀！你们没看见那些苍蝇正在搓手搓脚地讨饶吗？"

明天要不要去赴哥哥的约会呢？

去呢，不去呢？

清晨，他起了个绝早。

太阳尚未升起的时候，他就从被窝钻了出来，摸黑沿着小径上山，一路上听见鸟雀们正在醒转的声音，在那些喃喃细语的鸟鸣声中，他仿佛听见了每天清晨上学时母亲对他的叮咛。

在这个纷乱的世间，不论是亲人、仇敌、宿怨，乃至畜生、鸟雀，都是一样疼爱着自己的儿女吧！

跌了好几跤，他才找到哥哥架网的地方，有几只早起的麻雀已落在网里，做最后的挣扎。他走上去，一一解开它们的束缚，看着麻雀如箭一般惊慌地腾飞上空中。

他钻进哥哥隐藏铁笼的林中，拉开了铁丝网的门，鸟群惊疑地注视着他，轻轻扑动翅翼，他把它们赶出笼子，也许是关得太久了，那些鸟在笼门口迟疑一下，才振翅飞起。

尤其是几只鸽子，站在门口半天还不肯走，他用双手赶着它们说："飞呀！飞呀！"鸽子转着墨圆明亮的眼珠，骨溜溜地看着他，试探地拍拍翅，"咕咕！咕咕！咕咕！"叫了几声，才以一种优美无比的姿势冲向空中，在他的头上盘桓了两圈，往北方的蓝天飞去。

在鸽子的咕咕声中，他恍若听见了感恩的情意。于是，他静静地看着鸽子的灰影完全消失在空中，这时候第一道晨曦才从东方的山头照射过来。大地整个醒转，满山的鸟鸣与蝉声从四面八方演奏出来，好像这是多么值得欢腾的庆典。他感觉到心潮汹涌澎湃，他第一次知道自己的心那样清和柔软，像春天里初初抽芽的绒绒草地，随着他放出的高飞远扬的鸽子、麻雀、白头翁、斑鸠、青笛儿，他听见了自己心灵深处一种不能言说的慈悲的消息，在整个大地里萌动涌现。

看着苏醒的大地，看着流动的早云，看着光明无限的天空，看着满天清朗的金橙色霞光，他的视线逐渐模糊了，才发现自己的眼中饱孕将落未落的泪水，心底的美丽一如晨曦照耀的露水，充满了感恩的喜悦。

一九八六年十月三十一日

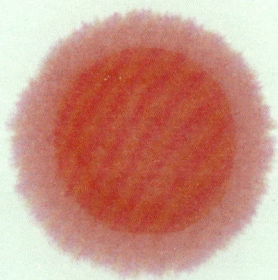

现
代
·
文
学
·
梦

我
忘
光
明

一

　　《现代文学》创刊三十周年，把当年的杂志交由诚品书店发行纪念版，并在诚品举行了一场酒会，我接到白先勇的邀请，他也去参加了这个酒会。

　　酒会的会场，人潮汹涌，衣香鬓影，济济多士，我想到自己已经有很久没有参加过这样的酒会，而在台北，也很久没有这样的酒会了。在场遇到许多老朋友，大家都感喟地说，现在的作家已经愈来愈没有什么向心力，若不是《现代文学》，不可能号召到这么多的作家一起来参加。

　　这样的酒会使我想起二十年前的"明星咖啡屋"。我接触《现代文学》是在明星咖啡屋门前的周梦蝶书摊，他的书摊上总有一些过期的《现代文学》，一本二十元，正好是吃一餐自助餐的价钱。

那时我们总是昵称周梦蝶为"周公"，周公是台北有名的风景，他每天穿着宽袍大袖的衣服，坐在斜斜的阳光里读书，或者入定什么的。去买书的时候，他向来是不招呼人的，我们就蹲踞着和他对面而坐，读着他架上的书，他不卖别的书，架子上只有文学。买了书、付了钱，周公又恢复原来的姿势。

我那时还没有宗教信仰，但每次看到周梦蝶，就想到"老僧入定"大概就是这样子了，坐在红尘里的周公，真像一位老僧。

如果口袋里有一点闲钱，我就会和几位喜欢文学的朋友，请周公到明星咖啡屋里喝咖啡，记得他总是站起来就和我们进明星。有一次我忍不住问他："你这样把书摊丢了就走，不怕被人偷走吗？"他笑着："文学的书有谁要偷呢？真要偷，就送给他了。"

周公在明星里不喝咖啡，他每次都叫一杯可口可乐，然后会气定神闲地加两匙糖，第一次看见的人都会吃惊，他会说："因为可乐不够甜。"说时，脸上的表情像孩子一般。

至于在明星里和周公谈什么内容，老早就不复记忆，总不外乎是诗和文学吧！但内容一点也不重要，那种感觉真好，仿佛我们就生活在一个叫作文学的梦里，那梦里，是明星微微苦的咖啡，走起来碰撞作响的榉木地板，还有从旧窗帘照射进来满地的阳光。

那时候，没有人觉得文学创作会有什么名利，因此文学就像阳光一样，有着金亮的光芒。我那时对写诗情有独钟，曾经把周梦蝶、郑愁予、余光中、洛夫、痖弦的诗写在小屋的墙壁上，希望有一天，自己也能写出那样动人的诗篇。

我们那时最常读的杂志是《现代文学》，有钱就去买，没有钱就借一本回来看，看得感动莫名。

后来与周公相熟了，他常把书借给我们看，说："别折着了，还要卖的。"他自奉甚俭，不，甚俭还不足以形容，应说是极俭极俭。不过，对年轻人却很热情，有一天午后他送给我四本书，一本是他自己的诗集《还魂草》，一本是丰子恺的《缘缘堂随笔》，另二本是钱锺书的《写在人生边上》和《人·兽·鬼》。那个时候给我的感动真是无法形容，走回家的时候，心里一直嘀咕着：一定要跟随这些伟大的文学心灵前进。

那已经是二十世纪七十年代了，距《现代文学》的创刊已有十年之久，后来我有幸认识了许多为这本杂志写稿的前辈，最难忘的是一九七三年我参加雾社的文艺营，营主任是余光中，指导老师是朱西宁、萧白、金开鑫，他们的人格风格都令我崇仰。一九七八年我住在木栅兴隆山庄，邻居竟是《现代文学》的总编辑姚一苇，两年之间有许多机会亲炙姚先生风和月丽的平常生活。

一九八〇年我到美国，从纽约坐火车到耶鲁大学，住在郑愁予家中，夜里饮酒唱诗，我万万想不到少年时代最喜爱的诗人，有一天我会在他家的书房过夜。

在我的心田里，这些名字一一浮现，白先勇、陈映真、七等生、王祯和、黄春明、洛夫、辛郁、刘大任、叶珊、叶维廉、楚戈、商禽、陈若曦、马森、李昂，后来都一一会面，很多对文学有不悔勇气的人，都是来自他们无形的启发。

那个逝去的年代最动人的，是文学家们都超越了名利之念，用最诚挚的心来创作，留下了一个典型，那就是：即使在现代主义最流行的时代，大家也不失去传统名士的风格。

我的心中也就常显现出周梦蝶书摊的静照，那书摊多么美呀！现在最大型的书店带给我们的冲击，也没有那个小书摊美丽。

在《现代文学》发行纪念版的此时，白先勇嘱我写几句话推荐，我写道：

> 六十年代，立志写作的青年，没有不读《现代文学》的，我们现在所熟悉的中生代作家，都是在《现代文学》迈入创作的旅途，在时间的河流洗涤下，他们留下了灿烂的金沙；在空间的沙漠中，他们盛开了美丽的仙人掌花。我生也晚，没有机会参与《现代文学》杂志的创作，但每次回忆少年时

代在灯下展读《现代文学》的情景，就在心底涌起一股暖流，觉得创作的旅途虽然孤单，还是无形中有人伴随，增加了大步前行的勇气。

文学如杯，往事似酒，杯酒风流，如梦如电，但是当我们想起那个时代的热情、真情、豪情与才情，就觉得点燃了火种，光明也就有了希望。

黄昏月娘要出来的时候

开车从大溪到莺歌的路上，黄昏悄悄来临了，原本澄明碧绿的山景先是被艳红的晚霞染赤，然后在山风里静静地黯淡下来，大汉溪沿岸民房的灯盏一个一个被点亮。

夏天已经到了尾声，初秋的凉风从大汉溪那头绵绵地吹送过来。

我喜欢黄昏的时候，在乡间道路上开车或散步，这时可以把速度放慢，细细品味时空的一些变化。不管是时间或空间，黄昏都是一个令人警醒的节点，在时间上，黄昏预示了一天的消失，白日在黑暗里隐遁，使我们有了被时间推迫而不能自主的悲感；在空间上，黄昏似乎使我们的空间突然缩小，我们的视野再也不能自由放怀了，那种感觉就像电影里的大远景被一下子跳接到特写一般，我们白天不在乎的广大世界，黄昏时成为片段的焦点——我们会看见橙红的落日、涌起的山岚、斑灿的彩霞、墨绿的山线、飘忽的树影，都有如定格一般。

事实上，黄昏与白天、黑夜之间并没有断绝，日与夜的空间并不因黄昏而有改变，日与夜的时间也没有断落，那么，为什么黄昏会给我们这么特别的感受呢？欢喜的人看见了黄昏的优美，苦痛的人看见了黄昏的凄凉；热恋的人在黄昏下许诺誓言；失恋的人则在黄昏时看见了光明绝望的沉落。

就像今天开车路过黄昏的乡间，坐在我车里的朋友都因为疲倦而沉沉睡去了，穿过麻竹防风林的晚风拍打着我的脸颊，我感觉到风的温柔、体贴与优雅，黄昏的风是多么静谧，没有一点声息。突然一轮巨大明亮的月亮从山头跳跃出来，这一轮月亮的明度与巨大，使我深深地震动，才想起今天是农历六月十八日，六月的明月是一点也不逊于中秋。

说看见月亮的那一刻我深深震动一点也不夸张，因为我心里不觉地浮起两句有一些忧伤的歌词：

每日黄昏月娘要出来的时候

加添阮心内的悲哀

　　这两句歌词是一首闽南语歌《望你早归》的歌词，记得它的原作曲者杨三郎先生曾说过他作这首歌的背景。那时台湾刚刚光复，因为经历了战乱，他想到每一个家庭都有人离散在外，凡有人离散在外，就会有思念的人，而思念，在黄昏夜色将临时最为深沉和悠远，心里自然有更深的悲意，他于是自然地写下了这一首动人的歌，我最爱的正是这两句。

　　现在时代已经改变了，战乱离散的悲剧不再和从前一样，但是大家还是爱唱这首歌，原因在于，每个人的心灵深处都埋藏着远方的人呀！我觉得在人的情感之中，最动人的不一定是死生相许的誓言，也不一定是情意缠绵的爱恋，而是对远方的人的思念。因为，死生相许的誓言与情意缠绵的爱恋都会破灭、淡化，甚至在人生中完全消失，唯有思念能穿破时间和空间的阻隔，永久在情感的水面上开花，犹如每日黄昏时从山头升起的月亮一样。

　　远方的思念是情感中特别美丽的一种，可惜在这个时代的人已经逐渐消失了这种情感，就好像愈来愈少人能欣赏晚上的月色、秋天的白云、山间的溪流一般，人们总是想，爱就要轰轰烈烈，要情欲炽盛，要合乎时代的潮流，于是乎，爱的本质就完全地改变了。

　　思念的情感不是如此，它是心中有情，但眼睛犹能穿透情爱有一个清明的观点。一如太阳在白云之中，有时我们看不见太阳，而大地仍然是非常明亮，太阳是永远在的，一如我们所爱的人，不管他是远离、是死亡、是背弃，我们的思念永远不会失去。

　　佛经里告诉我们"生为情有"，意思是人因为有情才会投生到这个世界。因此凡是生活在这个世界的人，必然会有许多情缘的纠缠，这些情缘使我们在爱河中载沉载浮，使我们在爱河中沉醉迷惑，如果我们不能在情爱中维持清明的距离，就会在情与爱的推迫之下，或贪恋、或仇恨、或愚痴、或苦痛、或堕落、或无知地过着一生。

　　尤其是情侣的失散几乎是不可避免的必然了，通常，情感失散会使我们愁苦、忧痛，甚至怀恨，但是我们必须认识到愁苦、忧痛、怀恨都不能挽救或改变失散的事实，反而增添了心里的遗憾。有时我们会感叹，为什么自己没有菩萨那样伟大的情怀，能站在超拔的海面晴空丽日之处，来看人生中波涛汹涌如海的情爱。

　　其实也没有关系，假如我们不能忘情，我们也可以从情爱中拔起身影，有一个好的面对，这种心灵的拔起，即是以思念之情代替憾恨之念，以思念之情转换悲苦的心。思念虽有悲意，但那样的悲意是清明的，乃是认识了人生的无常、情爱不能永驻之实相，对自我、对人生、对伴侣的一种悲悯之心。

　　释迦牟尼佛早就看清了人间有免不了的八苦，就是生、老、病、死、爱别离、怨憎会、所求不得、烦恼炽盛，这八苦的来由，归纳起来，就是一个"情"字，有情必然有苦，若能使情成为思念的流水，则苦痛会减轻，爱恨不至于使我们窒息。

　　我们都是薄地的凡夫。我很喜欢"凡夫"这两个字，凡夫的"凡"字中间有一颗大心，凡夫之所以永为凡夫，正是多了一颗心。这颗心有如铅锤，蒙蔽了我们自性的清明，拉坠使我们堕落，若能使凡夫之心有如黄昏时充满思念的明月，则即使有心，也是无碍了。能以思念之情来转换情爱失落败坏的人，就可以以自己为灯，做自己的归依处，纵是含悲忍泪，也不会失去自己的光明。

　　佛陀曾说："情感是由过去的缘分与今世的怜爱所产生，宛如莲花是由水和泥土这两样东西所孕育。"是的，过去的缘分是水，今生的怜爱是泥土，然后开出情感的莲花。

　　人的情感如果是莲花，就不应该有任何的染着。假如我们会思念、懂得思念、珍惜思念，我们的思念就会化成情感莲花上清明的露水，在清晨或黄昏，闪着眩目的七彩。

　　　　每日黄昏月娘要出来的时候
　　　　加添阮心内的悲哀

　　我轻轻地唱起了这首《望你早归》的思念之歌，想象着这流动在山林中的和风，有可能是我们思念的远方的人轻轻的呼吸。在千山万水之外，在千年万岁之后，我们的思念是一枚清楚的戳印，它让我们来到这个世界，不失前世的尘缘；它让我们转入未来的时空，还带着今生的记忆。

　　引动我们悲意的月亮，如果我们能清明，也会使我们心中的明月在乌云密布的山水之间升起。

　　我想起两句偈：

心清水现月

意定天无云

　　然后我踩下油门，穿过林间的小路，让风吹过，让月光肤触，心中响着夜曲一般小提琴的声音，琴声围绕中还有一盏灯火，我自问着：远方的人不知听不听得见这思念的琴声？不知看不看得见这光明的灯盏？

　　你呢？你听见了吗？你看见了吗？

我心光明

心灵的高点

　　钢琴家刘美贞送给我两张彼德·利兹（Peter Ritzen）作曲演奏的唱片，一张是《钢琴作品集》，另一张是《净土》。我在旅行的时候，带着一部 CD 随身听，在火车上听这两张唱片，心中十分感动，就在流逝的火车窗景中，仿佛飞到了远方的天空。

　　我想到，去年的春天，刘美贞打电话给我，说到她的夫婿彼德·利兹作了很多新曲，都是有关宗教的，希望我能听听看，并为他的曲子和唱片取名。

　　美贞是高雄县六龟人，算来是我的同乡，她曾是杰出的钢琴演奏家，自从嫁给彼德·利兹之后，自己就很少从事钢琴演奏了。彼德·利兹是天才型的钢琴演奏家，出身于比利时皇家音乐学院，除了演奏之外，也擅长作曲，特别是他的即兴演奏及即兴作曲，才华洋溢，在世界各地巡回演奏时得到很高的评价。

彼德·利兹自从娶了中国太太之后，非常热爱中国，不仅时常来台湾省演奏，作曲风格也明显地具有东方色彩，虽然他是虔诚的天主教教徒，作品中好像也具备了东方宗教的特色。

美贞对我说："你帮他听听看，是不是有佛教音乐的味道，他作的是天主教的弥撒曲，我觉得两者是很相通的。"

我听了彼德·利兹的宗教音乐，深深觉得在音乐家纯粹的心灵中，宗教哪里有什么界限呢？天主教的音乐家以诚心创作的音乐，里面也有着深刻的禅意。于是，我为他的曲子取了"钟声响起""慈光普照""心灵织锦""天女散花""祝福诗偈""极乐净土""莲花化生"的名字，听起来就有更充沛的禅心了。

然后，唱片就叫《净土》。彼德·利兹自取了一个英文名字"中国弥撒"（China Mass），我想到，这位极具天赋的钢琴作曲家以心灵来探讨极乐净土的努力与用心，应该是各种宗教的人都可以欣赏的吧！

去年，美贞还在担心《净土》的出片问题，现在以这么精美的面目出现，可见好的音乐是不会寂寞的。

　　不久前，杨锦聪兄送我两张韩国作曲家金永东的作品《禅》，一张名曰"参松"，一张名为"山行"，听的时候，令人自然地想起日、月、云、雨、飞鸟、游鱼、黎明、黄昏等自然的现象，温馨、空灵、充满了冥想的芬芳。

　　我觉得不论是什么宗教，或什么音乐，都是在使我们通向心灵的高点，与飘浮在太空中的天籁相应，在其中确定心的高度。站在自然的高点看来，宗教与音乐之间有什么分隔呢？分隔着的只是俗人们的分别心罢了。

　　火车在田原中穿行，这田野虽是冬日，也有丰润翠绿之姿，使我想起南方的农田。也许，彼德·利兹在比利时的乡间散步时，金永东在韩国的松林中呼吸时，也与我有一些共同的感动吧！

　　一个艺术家，特别是以宗教为素材的艺术家，应该是微笑地看着凡人在宗教藩篱中争执，看着俗众在法执的迷宫里大声争吵，而独自默默走向心灵的高点，因为在心中深信，有一种情怀、一种境界超越了这一切。

　　山岚出岫，花雨飞天，虫鸟苏醒，古木沉静，兰桂松香，山高水远……眼前这一切，哪里不是法身呢？

　　每隔一段时间，我总要到外双溪的台北"故宫博物院"走一遭，有时候也不一定去看什么先人给我们留下的宝物，只是想去那里走走，呼吸一些远古的芬芳。

　　台北"故宫博物院"的宝藏多到不可胜数，任有再好的眼力，也不敢拍胸脯保证说，看过了所有的宝物。因此在这里散步往往像是平原走马，只知道到处都是汹涌的美景和无尽的怀思，有时候马走得太快，回来后什么都记不得，只有一种朦胧的美感，好像曾在梦里见过。

　　在台北"故宫博物院"里呼吸，就像是走进一个春天里繁花盛开的花园，有许多花我们从未见过，有许多花是我们见过而不知道名字的，但是我们深深地呼吸，各种花的香气突然汇成一条河流，从极远的时空，流过历史、流过地理，一直流到我们的心里来。我们的心这时是一个湖泊，能够涵容百川，包纳历史上无数伟大的艺术心灵。

每一位伟大的艺术家是一朵花的开放，进入了台北"故宫博物院"以后，我们也许看不见那朵花了，因为有的花很小，一点也不起眼，有的花即使很大，在花园里也是小的，那种感觉真是美。在花园里，一个小小的核桃舟也和一幅长江万里图具有同样崇高的地位，令后人在橱窗前俯首。

我有时会突发奇想，那么多的中国人文艺术的宝藏，如果我们能穿透橱窗，去触摸那些精美的器物与图册，心头不知道会涌起什么样的感动。可惜我不可能去触摸，就如同在花园里不能攀折花木，即使感受到极处，也只能静静地欣赏和感叹。更由于不能触摸，不能拥有，愈发觉得它崇高。

手不能触摸，心灵是可以的。有好几次，我简直听到自己的心灵贴近的声音，一贴近了一件稀世的奇珍，就等于听到一位艺术家走过的足音，也借着他的足音，体会了中国的万里江山，千百世代。每件作品在那时是一扇窗，雕刻得细致的窗，一推开，整片的山色和水势不可收拾地扑进窗来。在窗里的我们纵是喝了三杯两盏淡酒，也敌不过那片山水的风急。

我有几位在台北"故宫博物院"工作的朋友，有时会羡慕他们的工作，想象着自己能日日涵泳在一大片古典的芬芳里，不知道是一件多么快乐的事。更何况每一件文物都有一段让人低回沉思的典故，即使不知道典故，我想一件精美的作品也是宜于联想，让思绪走过历史的隔膜。就拿一般人最熟悉的"翠玉白菜"和"白玉苦瓜"来说吧，我第一次看到这两件作品就像走进了清朝的宫殿，虽然查不出它们确切的年月，也不知道何人作品，我却默默地向创造它们的工匠顶礼。

翠玉白菜的玉原本是不纯的翠玉，没有像纯玉一样的价值，由于匠师将翠绿部分雕成菜尖，白玉雕成菜茎，还在菜尖上雕出栩栩如生的螽斯和蝗虫，使那原来不纯的玉，由于创作者的巧艺匠心，甚至比纯玉有了千百倍的价值，白玉苦瓜更不用说了。就是一块年代久远的汉玉，如果没有匠心，也比不上这两件作品的价值。

台北"故宫博物院"有许多作品都是这样的，不用谈到玉器，有许多铜器、铁器，甚至最简单的陶瓷器，它们原来都是普通的物件，由于艺术的巧思站在时间之上，便使它们不朽。但是我在台北"故宫博物院"的朋友仍然是不满足的，他们常常感慨八国联军之后，太多中国的宝物流入番邦，成为异国博物馆的稀世之珍，我们观赏不易，只有借着书籍图册来做乡愁的安慰。

我们总是恨不得中国的归中国，属于中国，这恐怕是不可避免的情感。据说法国人一再向英国政府提出请求，希望英国归还留在英女王皇宫中的法国家具，理由很简单：这些历史悠久的法国家具，在英国只是家具，在法国却是国宝，英国的不归还却没有理由，这种冷淡的态度曾令许多骄傲的法国人为之落泪。

中国流至世界各地的绝不仅止于家具，因此每次我看到各国的博物馆开出中国馆，展出连中国都没有的宝物时，虽不致落泪，却觉得无比惆怅，像一些滴落的血。

可叹的是，我们连争取都没有，只能在外国的博物馆里听黄发蓝眼的人发出的喝彩声。有一回在西雅图美术馆看到许多精美无匹的唐三彩，使我在美术馆门口的脚步浮动，几乎忘记了怎么好好地走路。

最近，我在台北"故宫博物院"，曾仔细地站着欣赏几个象牙球，那些大小不一样的象牙球，即使隔着橱窗，还能看到球中有球，一层层地包围着，最细小的球甚至可以往里面推到无限。

其实，象牙球在台北"故宫博物院"里只是最普通的宝物，也有许多流到外国，但一点也不减损它的价值——恐怕一个匠人的一生，刻不了几个象牙球吧！

在那一刻，我觉得中国艺术的珍藏和文化的光华真有些如象牙球似的，一层一层地发展出来，最后成为完美的圆形的实体。

我们看过不少外国文化艺术的巅峰之作，也曾令我们心灵震荡，但它的意义还比不上一个象牙球。因为象牙球只是中国艺术心灵的小小象征，它里面流着和我们一样的血，创作的人和我们有相同的文化，用相同的语言文字，甚至和我们有一样的历史和地理背景。

我觉得，台北"故宫博物院"给我最大的感动，是它让我们感到在浩浩土地悠悠历史中并不孤立，有许多和我们流着相同血液的伟大心灵陪伴着我们，环视着我们。这样想时，我就不再那么羡慕在台北"故宫博物院"工作的朋友了，因为我们不是研究者，只是欣赏者，从大角度看，台北"故宫博物院"只是一条血的河流，一个可以呼吸的花园，或者只是一种呼应着的情感。

能感受山之美的人不一定要住在山中，能体会水之媚的人不一定要住在水旁，能欣赏象牙球的人不一定要手握象牙球，只要心中有山有水有象牙球也就够了，因为最美的事物永远是在心中，不是在眼里。

海岸破晓

走路到海边去看太阳升起的那一刻。

这时是秋天，夜的寒气竟能穿过衣裳，满林子的雾流来流去，地上草尖的露水，当我踩过，仿佛都飞溅起来，湿了裤管。

鸟还没有开始醒来，所以南台湾最哗闹的热带林子此时异常地沉静。林间的黑幕与沉静相映，我小心拿着电筒，探寻到海边的出路。

终于到海边了，但海的景象令我吃惊，从天空到海面，一片墨黑，像是墨汁喷洒在整个海边。我从前没看过这么黑的云，尤其是靠海岸的云，墨块一样，紧紧地凝结。

黎明似乎是从遥远的地方走来，黑云开始飞跑，天边的明亮从层层的黑色中穿透，这是海岸的第一丝光明，撕破了整个天幕。我才知道，为什么清晨被称为"破晓"。

不只天破了，雾散了，鸟也都醒了，蝴蝶、蜻蜓、不知名的虫子都从林间飞起。

人何尝不是如此，被无名的黑云所笼罩的时候，会以为光明已在人间失落；但如果能撕开那层黑幕就会知道，阳光从未离开。

我
心
光
明

一

你提到我们少年时代，常坐在淡水河口看夕阳斜落，然后月亮自水面冉冉上升的景况，你说："我们常边饮酒边赋歌，边看月亮从水面浮起，把月光与月影投射在河上，水的波浪常把月色拉长又挤扁，当时只是觉得有趣，甚至痴迷得醉了。没想到去国多年，有一次在密西西比河水中观月，与我们的年少时光相叠，故国山川争如水中之月，镜中之花，挤扁又拉长，最后连年轻的岁月也成为镜花水月了。"

这许多感怀使你在密西西比河畔动容落泪，我读了以后也是心有戚戚。才是一转眼间，我们竟已度过几次爱情的水月镜花，也度过不少挤扁又拉长的人世浮嚣了。

还记否？

当年我们在木栅的小木屋里临墙赋诗，我的木屋中四壁萧然，写满了朋友们题的字句，而门上匾额写的是一首《困龙吟》。

有一次夜深了，我在小灯下读钱锺书的《谈艺录》，窗外月光正照在小湖上，远听蛙鸣，我把书里的两段话用毛笔写在墙上：

> 水月镜花，固可见而不可提，然必有此水而后月可印潭；有此镜而后花可映面。
>
> 水与镜也，兴象风神，月与花也，必水澄镜朗，然后花月宛然。

那时我是相当穷困，住在两坪大只有一个书桌的小屋，我唯一的财产是满屋的书以及爱情。可是我是富足的，当我推开窗子，一棵大榕树面窗而立，树下是植满了荷花的小湖。附近人家是那么亲善。有时候，我为了送女友一串风铃到处告贷，以书果腹，你带酒和琴来，看到我的窘状，在我的门口写下两句话：月缺不改光，剑折不改刚。

我在醉酒之后也高歌："我醉欲眠君且去，明朝有意抱琴来。"那似乎是我们穷到只要有一杯酒、一卷书，就满足地觉得江山有待了。后来我还在穷得付不出房租的时候，跳窗离开了那个小屋。

前些日子我路过，顺道转去看那一间我连一个月两百元房租都缴不起的木屋，木屋变成一幢高楼，大榕树魂魄不在，小湖也盖了一幢公寓。

我站在那里怅望良久，竟然忘了自己身在何方，真像京戏《游园惊梦》里的人。

我于是想到世事一场大梦，书香、酒魄、年轻的爱与梦想都离得远了，真的是"镜花水月一场"，空留去思。可是重要的是一种回应，如果那镜是清明，花即使谢了，也曾清楚地映照过；如果那水是澄朗，月即使沉落了，也曾明白地留下波光。水与镜似乎都是永恒的事物，明显如胸中的块垒，那么，花与月虽有开谢升沉，都是一种可贵的步迹。

我们都知道"击石取火"是祖先的故事，本来是两个没有生命的石头，一碰撞却生出火来，石中本来就有火种——再冷酷的事物也有它感性的一面，不断地敲击就有不断的火光。得火实在不难，难的是，得了火后怎么使那微小的火种得以不灭。镜与花，水与月本来也不相干，然而它们一相遇就生出短暂的美。

我们怎样才能使那美得以永存呢？

只好靠我们的心了。

就在我正写信给你的时候，突然浮起两句古诗："笼中剪羽，仰看百鸟之翔；侧畔沉舟，坐阅千帆之过。"

爱与生的美和苦恼不就是这样吗？

岁月的百鸟一只一只地从窗前飞过，生命的千帆一艘一艘地从眼中航去——许多飞航得远了，还有许多正从那些不可测知的角落里航过来。

记得你初到康涅狄格不久，曾经为了想喝一碗掺柠檬水的爱玉冰不可得而泪下，曾经为了在朋友处听到《雨夜花》的歌声而胸中翻滚。那说穿了，也是一种回应，一种掺和了乡愁和少年情怀的回应。

我知道，我再也不可能回到小木屋去住了，我更知道，我们都再也回不到小木屋那种充满了清纯的真情岁月了。

这时节，我们要把握的便不再是花与月，而是水与镜，只要保有清澄朗净的水镜之心，我们还会再有新开的花和初升的月亮。

有一首词我是背得烂熟了，是陈与义的《临江仙》：

> 忆昔午桥桥上饮，坐中尽是豪英。长沟流月去无声。杏花疏影里，吹笛到天明。
>
> 二十余年成一梦，此身虽在堪惊。闲登小阁看新晴。古今多少事，渔唱起三更。

　　我一直觉得，在我们不可把捉的尘世的运命中，我们不要管无情的背弃，我们不要管苦痛的创痕，只要维持一瓣香，在长夜的孤灯下，可以从陋室里的胸中散发出来，也就够了。

　　连石头都可以撞出火来，其他的还有什么可畏惧呢？

第六辑　生平一瓣香

青山元不动

一

我从来不刻意去找一座庙宇朝拜。

但是每经过一座庙，我都会进去烧香，然后仔细地看看庙里的建筑，读着到处写满的、有时精美得出乎意料的对联，也端详那些无比庄严、穿着金衣的神明。

大概是幼年培养出来的习惯吧！每次随着妈妈回娘家，总要走很长的路，有许多小庙神奇地建在那一条路上，妈妈无论多急地赶路，必定在路过庙的时候进去烧一把香，或者喝杯茶，再赶路。

爸爸出门种作的清晨，都是在庙里烧了一炷香再荷锄下田的。夜里休闲时，也常和朋友在庙前饮茶下棋，到星光满布才回家。

我对庙的感应不能说是很强烈的，但却十分深长。在许许多多的庙中，我都能感觉到一种温暖的情怀，烧香的时候，就好像把自己的心情放在供桌上，烧完香整个人就平静了。

也许不能说只是庙吧，有时是寺，有时是堂，有时是神坛，反正是有着庄严神明的处所，与其说我敬畏神明，还不如说是一种来自心灵的声音，它轻浅的弹奏触动着我；就像在寺庙前听着乡人夜晚弹奏的南管，我完全不懂得欣赏，可是在夏夜的时候聆听，仿佛看到天上的一朵云飘过，云后闪出几粒晶灿的星星，南管在寂静之夜的庙里就有那样的美丽。

新盖成的庙也有很粗俗的，颜色完全不调谐地纠缠不清，贴满了花草浓艳的艺术磁砖，这使我感到厌烦；然而我一想到童年时看到如此颜色鲜丽的庙就禁不住欢欣跳跃，心情便接纳了它们，正如渴着的人并不挑拣茶具，只有那些不渴的人才计较器皿。

我的庙宇经验可以说不纯是宗教，而是感情的，好像我的心里随时准备了一片大的空地，把每座庙一一建起。因此庙的本身是没有意义的。记得我在学生时代，常常并没有特别的理由，也没有朝山进香的准备，就信步走进后山的庙里，在那里独坐一个下午，回来的时候就像改换了一个人，有快乐也沉潜了，有悲伤也平静了。

通常，山上或海边的庙比城市里的更吸引我，因为山上或海边的庙虽然香火寥落，往往有一片开阔的景观和天地。那些庙往往占住一座山或一片海滨最好的地，让人看到最好的风景。最感人的是，来烧香的人大多不是有所求而来，仅是来烧香罢了；也很少人抽签，签纸往往发着黄斑或尘灰满布。

城市的庙不同，它往往局促一隅，近几年，因大楼的兴建更被围得完全没有天光；香火鼎盛的地方过分拥挤，有时烧着香，两边的肩膀都被拥挤的香客紧紧挟住了。最可怕的是，来烧香的人都是满脑子的功利，又要举家顺利，又要发大财，又要长寿，又要儿子中状元。我知道的一座庙里，没几天就要印制一次新的签纸，还是供应不及，如果一座庙只是用来求功名利禄，那么对我们这些无求的、只是烧香的人而言，还有什么值得去的呢？

去逛庙，有时也有意想不到的乐趣。有的庙是仅在路上捡到一个神明像就兴建起来的，有的是因为长了一棵怪状的树而兴建，有的是那一带不平安，大家出钱盖座庙。在台湾，山里或海边的庙宇盖成，大多不是事先规划设计，而是原来有一个神像，慢慢地，一座座供奉起来；多是先只盖了一间主房，再向两边延展出去，然后有了厢房，有了后院；多是先种了几棵小树，后来有了遍地的花草；一座寺庙的宏规历尽百年还没有定型，还在成长着。

因此使我特别有一种时间的感觉，它在空间上的生长，也印证了它的时间。

观庙烧香，或者欣赏庙的风景都是不足的；最好的庙是在其中有一位得道者，他可能是出家修炼许久的高僧，也可能是拿着一块抹布在擦拭桌椅的毫不起眼的俗家老人。在他空闲的时候，我们和他对坐，听他诉说在平静中得来的智慧，就像坐着听微风吹拂过大地，我们的心就在那大地里悠悠如诗地醒转。

如果庙中竟没有一个得道者，那座庙再好再美都不足，就像中秋夜里有了最美的花草而独缺明月。

我曾在许多不知名的寺庙中见过这样的人，在我成年以后，这些人成为我到庙里去的最大动力。当然我们不必太寄望有这种机缘，因为也许在几十座庙里才能见到一个，那是随缘！

最近，我路过新北市的三峡镇，听说附近有一座风景秀美的寺，便放下俗务，到那庙里去。庙的名字是"元亨堂"，上千个台阶全是用一级级又厚又结实的石板铺成，光是登石级而上就是几炷香的功夫。

庙庭前整个是用整齐的青石板铺成，上面种了几株细瘦而高的梧桐和几丛竹子；从树的布置和形状来看，就知道不是凡夫所能种植的。庙的设计也是简单的几座平房，全用了朴素而雅致的红砖。

　　我相信那座庙是三莺一带最好的地方，站在庙庭前，广大的绿野蓝天和山峦尽入眼底，在绿野与山峦间一条秀气的大汉溪如带横过。庙并不老，现在能盖出这么美的庙，使我对盖庙的人产生了最大的敬意。

　　后来打听在庙里洒扫的妇人，终于知道了盖庙的人。听说他是来自外乡的富家独子，一生下来就不能食荤的人，二十岁的时候发誓修行，便带着庞大的家产走遍北部各地，找到了现在的地方，他自己拿着锄头来开这片山，一块块石板都是亲自铺上的，一棵棵树都是自己栽植的，历经六十几年的时间才有了现在的规模；至于他来自哪一个遥远的外乡，他真实的名姓，还有他传奇的过去，都是人所不知，当地的人只称他为"弯仔师父"。

　　"他人还在吗？"我着急地问。

　　"还在午睡，大约一小时后会醒来。"妇人说。并且邀我在庙里吃了一餐美味的斋饭。

　　我终于等到了弯仔师父，他几乎是无所不知的人，八十几岁还健朗风趣，上自天文，下至地理，中谈人生，都是头头是道，让人敬服。我问他年轻时是什么愿力使他到三峡建庙，他淡淡地说："想建就来建了。"

　　谈到他的得道。

　　他笑了："道可得乎？"

叨扰许久，我感叹地说："这么好的一座庙，没有人知道，实在可惜呀！"

弯仔师父还是微笑，他叫我下山的时候，看看山门的那副对联。

下山的时候，我看到山门上的对联是这样写的：

青山元不动

白云自去来

那时我站在对联前面才真正体会到一位得道者的胸襟，还有一座好庙是多么地庄严，他们永远是青山一般，任白云在眼前飘过。我们不能是青山，让我们偶尔是一片白云，去造访青山，让青山告诉我们大地与心灵的美吧！

我不刻意去找一座庙朝拜，总是在路过庙的时候，忍不住地想也许那里有着人世的青山，然后我跨步走进，期待一次新的随缘。

一九八三年五月十八日

怀君与怀珠

在清冷的秋天夜里，我穿过山中的麻竹林，偶尔抬头看见了金黄色的星星，一首韦应物的短诗从我的心头流过：

怀君属秋夜，

散步咏凉天。

空山松子落，

幽人应未眠。

我很为这瞬间浮起的诗句而感到一丝震动，因为我到竹林，并不是为了散步，而是到一座寺院的后山玩，不觉间天色就晚了（秋天的夜有时来得出奇地早），我就赶着回家的路，步履是有点匆忙的。并且，四周也没有幽静到能听见松子的落声，根本是没有一株松树的，耳朵里所听见的是秋风飒飒的竹叶（夜里有风的竹林还不断发出伊伊歪歪的声音），为什么这一首诗会这样自然地从心田里开了出来？

也许是我走得太急切了，心境突然陷于空茫，少年时期特别钟爱的诗就映现出来了。

我想起了上一次这首诗流出心田的时空，那是前年秋天我到金门去，夜里住在招待所里，庭院外种了许多松树，金门的松树到秋冬之际会结出许多硕大的松子。那一天，我洗了热乎乎的澡，正坐在窗前擦拭湿了的头发，忽然听见院子里传来哗哗剥剥的声音，我披衣走到庭中，发现原来是松子落地的声音，"呀！原来松子落下的声音是如此的巨大！"我心里轻轻地惊叹着。

捡起了松子捧在手上，韦应物的诗就跑出来了。

于是，我真的在院子里独自地散步，虽然不在空山，却想起了从前的、远方的朋友，那些朋友有许多已经多年不见了，有一些也失去了消息，可是在那一刻仿佛全在时光里会聚。一张张脸，清晰而明亮。我的少年时代是极平凡的，几乎没有什么可歌可泣的事迹，但是在静夜里想到曾经一起成长的朋友，却觉得生活是可歌可泣的。

我们在人生里，随着岁月的流逝而感觉到自己的成长（其实是一种老去），会发现每一个阶段都拥有了不同的朋友，友谊虽不至于散失，聚散却随因缘流转，常常转到我们一回首感到惊心的地步。比较可悲的是，那些特别相知的朋友往往远在天际，泛泛之交却在眼前，因此，生活里经常令我们陷入一种人生寂寥的境地。"会者必离"，"当门相送"，真能令人感受到朋友的可贵，朋友不在身边的时候，感觉到能相与共话的，只有手里的松子，或者只有林中正在落下的松子！

在金门散步的秋夜，我还想到《菜根谭》里的几句话："风来疏竹，风过而竹不留声；雁渡寒潭，雁去而潭不留影。故君子事来而心始现，事去而心随空。"朋友的相聚，情侣的和合，有时心境正是如此，好像风吹过了竹林，互相有了声音的震颤，又仿佛雁子飞过静止的潭面，互相有了影子的照映，但是当风吹过，雁子飞离，声音与影子并不会留下来。可惜我们做不到那么清明，一如君子，可以"事来而心始现，事去而心随空"，却留下了满怀的惆怅、思念与惘然。

平凡人总有平凡人的悲哀，这种悲哀乃是寸缕缠绵，在撕裂的地方、分离的处所，留下了丝丝的穗子。不过，平凡人也有平凡人的欢喜，这种欢喜是能感受到风的声音与雁的影子，在吹过飞离之后，还能记住一些椎心的怀念与无声的誓言。悲哀有如橄榄，甘甜后总有涩味；欢喜则如梅子，辛酸里总有回味。

那远去的记忆是自己，现在面对的还是自己，将来不得不生活的也是自己，为什么在自己里还有另一个自己呢？站在时空之流的我，是白马还是芦花？是银碗或者是雪呢？

我感觉怀抱着怀念生活的人，有时候像白马走入了芦花的林子，是白茫茫的一片；有时候又像银碗里盛着新落的雪片，里外都晶莹剔透。

在想起往事的时候，我常惭愧于做不到佛家的境界，能对境而心不起，我时常有的是对于逝去的时空有一些残存的爱与留恋，那种心情是很难言说的，就好像我会珍惜不小心碰破口的茶杯，或者留下那些笔尖磨平的钢笔。明知道茶杯与钢笔都已经不能用了，也无法追回它们如新的样子，但因为这只茶杯曾在无数的冬夜里带来了清香和温暖，而那支钢笔则陪伴我度过许多思想的险峰，记录了许多过往的历史，我不舍得丢弃它们。

人也是一样，对那些曾经有恩于我的人，那些曾经爱过我的朋友，或者那些曾经在一次偶然的会面时启发过我的人，甚至那些曾践踏我的情感，背弃我的友谊的人，我都有一种不忘的本能。有时不免会苦痛地想，把这一切都忘得干净吧！让我每天都有全新的自己！可是又觉得人生的一切如果都被我们忘却，包括一切的忧欢，那么生活里还有什么情趣呢？

我就不断地在这种自省之中，超越出来，又沦陷进去，好像在野地无人的草原放着风筝，风筝以竹骨隔成两半，一半写着生命的喜乐，一半写着生活的忧恼，手里拉着丝线，飞高则一起飞高，飘落就同时飘落，拉着线的手时松时紧，虽然渐去渐远，牵挂还是在手里。

但，在深处的疼痛，还不是那些生命中一站一站的欢喜或悲愁，而是感觉在举世滔滔中，真正懂得情感，知道无私地付出的人，是愈来愈少见了。我走在竹林里听见飒飒的风声，心里却浮起"空山松子落，幽人应未眠"的句子正是这样的心情。

韦应物寄给朋友的这首诗，我感受最深的是"怀君"与"幽人"两词，怀君不只是思念，而有一种置之怀袖的情致，是温暖、明朗、平静的，当我们想起一位朋友，能感到有如怀袖般贴心，这才是"怀君"！而幽人呢？是清雅、温和、细腻的人，这样的朋友一生里遇不见几个，所以特别能令人在秋夜里动容。

朋友的情义是难以表明的，它在某些质地上比男女的爱情还要细致，若说爱情是彩陶，朋友则是白瓷，在黑暗中，白瓷能现出它那晶明的颜色，而在有光的时候，白瓷则有玉的温润，还有水晶的光泽。君不见在古董市场里，那些没有瑕疵的白瓷，是多么名贵呀！

当然，朋友总有人的缺点，我的哲学是，如果要交这个朋友，就要包容一切的缺点，这样，才不会互相折磨、相互受伤。

包容朋友就有如贝壳包容珍珠一样，珍珠虽然宝贵而明亮，但它是有可能使贝舌受伤的，贝壳要不受伤只有两个法子，一是把珍珠磨圆，呈现出其最温润光芒的一面；一面是使自己的血肉更柔软，才能包容那怀里外来的珍珠。前者是帮助朋友，使他成为"幽人"，后者是打开心胸，使自己常能"怀君"。

我们在混乱的世界希望能活得有味，并不在于能断除一切或善或恶的因缘，而要学习怀珠的贝壳，要有足够广大的胸怀来包容，还要有足够柔软的风格来承受！

但愿我们的父母、儿女、伴侣、朋友都成为我们怀中的明珠，甚至那些曾经见过一面的、偶尔擦身而过的、有缘无缘的人都成为我怀中的明珠，在白日、在黑夜都能散放互相映照的光芒。

三好一公道

我心光明

最近住在台北县的莺歌小镇，有一天到街上去，看到一家小面摊挂着一个大招牌"勇伯仔面摊"，旁边还有两行小字："三好一公道：汤好·料好·服务好·价钱公道。"

看到这样的招牌感到格外亲切，站在招牌下细细地看着面摊，还有摊子上忙着招呼客人的老先生。然后我坐下来吃了一碗素米粉，果然是三好一公道，这样的小事使我那一天的心情都非常开朗，有一种光明、清净、温暖的感觉，就像月圆时的光芒一样。

亮亮，我在青年时代，曾在我们居住的这块土地上行脚，从大城到小村，从山崖到海滨，企图使自己的心灵与脚印落实在这块土地上。我想到，光是我吃过的叫作"勇伯仔"的面店或小摊就有十几个，他们共同的招牌或共同的心意就是"三好一公道"，当我坐在野风吹拂的乡间吃小摊子的时候，就感觉"勇伯仔""三好一公道"这几个字简直是美极了。

— 向前奋进的一种形象

一直到现在，我用还带着下港乡音的台湾话念"勇伯仔米粉，三好一公道"，想到可能有数十百家自称"勇伯仔"的摊子分布在我们这个岛上，心里就流动着一种难以言说的温暖。

"勇伯仔"象征的是台湾人民永远向前奋进的一种形象，从前在乡下，我们对那些勇力过人的老人家，以及到年纪很大了还在农田奋斗的长辈，总会亲切地叫一声"勇伯仔"。这"勇伯仔"很像卖担担面的人在门口挂一盏灯笼写的"度小月"一样，早期的乡间生活艰难，农民渔民在忙碌的时间叫"大月"，较闲暇时则叫"小月"，所谓"度小月"，是农田的工作告一段落，农人依靠卖面来赚取生活的补贴。

现在，卖面的人都不再是农人"度小月"了，而且一个小面摊的收入就比一甲地的农田收入要好得多，年轻人宁可到都市摆摊卖面,也不愿意留在乡下耕田。"度小月"虽在时空中变质,但"勇伯仔"还没有,我偶尔到乡下的农田总会看见许多我们这个社会的"勇伯仔"卷起裤管在各地的角落打拼。

"三好一公道"则是农村社会里出自人心真诚的流露,记得台湾光复不久的乡间,我们可以打交道的店家很少,比较常来往的是杂货店。

当时的杂货店给我留下了一些深刻的印象,那个时候没有什么名牌、也没有商品标识,所有的东西都是装在大缸、大瓮、大罐里,像柴、米、油、盐、酱、醋、茶等都是用"打"的。小时候帮妈妈到杂货店去打油、打酒、打醋都是非常美好幸福的经验,我总提着瓶子,一路唱着歌到远在数百公尺外的杂货店去。

老板拿个大勺,漏斗架在瓶子上,一勺就把瓶子灌满了。

然后,他会拿一本簿子出来,叫我在上面签字,以便年底时一起结账。我签名的时候感觉到一种意外的欢喜,觉得自己已经成长了,可以为父母亲分劳。

_ 存乎一心,童叟无欺

回想起来,那个时候的杂货店,除了外地人,本乡的人都是不付现的，全是签账，一年结算两次，有许多农人不识字，连自己的名字也不会写，那就全凭杂货店老板"存乎一心"了。在我长大的年岁从未听见过有交易上的纷争，可见那时候的人比较有天地良心，那时候的店则比较能"童叟无欺"。

农村签账的传统，我想是来自两个原因，一是农人的家里通常是没有现金的，他们要在一年两三次的收成里才有比较大笔的现金，因此现金交易变得不太可能，只好大家都赊欠。另一个原因是人与人之间互相信任，买卖是站在一个互信的基础上，买的人不认为会受骗，卖的人不认为会被倒，这种信任的态度是维持社会和乐最重要的基础。

比较起现在，有时就会感触良多，现代人所有的东西都有商品标识，却有许多是名不副实的，即使买东西时样样看标识，受骗的机会也非常多。这还是好的，任何人走进现代商店就会发现，大镜子、监视器到处都是，卖东西的人总是虎视眈眈，偶尔走进卖高级舶来品的店里，小姐们常常狗眼看人，流露出来的神情仿佛在说："哼！凭你这块料也敢到我们这种店来！"

亲爱的亮亮，我在生活里是个随便的人，常常穿着布鞋和一件老旧的衣服就上街了，可是又喜欢随兴而为，一不小心就会走进名牌的店铺乱逛，这时我知道冷眼与无知的鄙视一定是免不了的。我自己虽然一点也不在意——我们的情绪为什么要受势利的眼睛影响呢——不过，一想到台湾社会经过几十年的奋斗，乡下有那么多的"勇伯仔"，有那么多人在"度小月"，才有今天，而服务的品质却不进反退，就会令人伤心。

这可以说是"三好一公道"的失落。在现代社会，三好是品质好、制作好、服务好，一公道仍然是价钱公道。

_缺少平等心的社会

我们的服务不能好，就是缺少一个平等心，顾客一进门时就已经分门别类，逢迎高的、鄙视低的，正是整个社会的病态。记得我有一次在日本旅行，朋友告诉我在东京银座有个世界最高级的珍珠店，我特地跑去参观，由于旅行的缘故，我那一天蓬首垢面，一点看不出与珍珠有任何关系。我一走进店里，店员全部对我鞠躬，表现了极亲切的欢迎，有一位甚至热心地为我介绍橱窗里最名贵的珍珠。我害羞极了，只好表明自己没有买珍珠的意图，但他们并不因此放弃，一直引导我参观过店里的珍珠，才鞠躬送我出来，还齐声说："噜摩·阿里阿多·狗踩麻薯。"

这种经验在台湾真是不可多得。有一次我到台北一家卖水晶的店去，有三位店员，其中两位对我冷眼相待，爱理不睬，有一位读过我的书，赶紧向其他两位说："他是一个作家呢！"没想到背后响起这样的声音："哎哟！我们店里的东西，作家也买不起呀！"

亮亮，你知道为什么日本商品如此强势，服务业勇冠全球吗？其实没有什么秘诀，原因正是"三好一公道"。我真想将来有钱的时候到银座的珍珠店去买一颗珍珠，而即使我有钱，也不愿在台北买冷冰冰的水晶。

真正的珍珠与水晶，是在人心，而不在橱窗。有平等心时，俗气的珍珠顿时有了光芒，失去了平等心，再明亮的水晶也与玻璃无异。

价钱在台北也逐渐成为迷幻的东西，根据消费者文教基金会的调查，台北的东西平均比其他大都市贵好几成，特别是号称高级奢侈品的，已经完全没有"公道"可言。可叹的是，人人习以为常，买更贵的东西，得到更坏的服务，就是今天台湾社会的真相。

为什么我们传统里好的"三好一公道"，在商业社会就瓦解了呢？那是因为我们认为商业就是这样，就是不择手段地赚钱，就是想尽办法掏空别人的荷包，忘却了商业行为里其实应该有人间的信任与公道，在买卖之间有人间的好。

_维持人生的基本信条

今天我路过信义路，发现从前我受到冷嘲的那家水晶店已经倒闭了，使我感到叹息，想起它倒闭的原因说不定不是水晶，而是店员。亮亮，现在正有更多的年轻人投入服务业，说不定将来你也会进入服务业，希望我们都能记住"三好一公道"，使这个社会有真正品质的提升，一个社会的优秀不是由购买力或高级的东西构成，而是由人的好品质构成的。

夜里，我到饶河街的夜市去买花生，卖花生的人也卖瓜子，还有进口的核桃、榛果、开心果，他很有耐心地叫我每一种都尝一尝，并且把核桃、榛果用夹子夹开让我品尝，最后我还是只买了五十元的花生米，他依然礼貌地向我致谢，这使我想起了乡间的小店，为之感动不已，知道即使是商人，也有许多人的心灵尚未失去光芒。

越接近重商的资本社会，人越容易向物质屈服，越容易受到环境的左右，心灵越快被俗化、冷化、非人化，使我们步行在七彩的霓虹之中，感到无力与孤寂。要使自己更卓越，其实就是维持一些人生的基本信条而已，像"三好一公道"就是很好的信条。

让我们做这个社会的"勇伯仔"，让我们成为心灵卓然的人，亮亮，一起来努力吧！